クライブ・カッスラー
& グラハム・ブラウン/著
土屋 晃/訳

消えたファラオの財宝を探しだせ(下)

Journey of the Pharaohs

JN046641

扶桑社ミステリー
1679

消えたファラオの財宝を探しだせ（下）

登場人物

カート・オースチン――――国立海中海洋機関《NUMA》特別任務部門責任者
ジョー・ザバーラ――――同海洋エンジニア
ポール・トラウト――――同深海地質学者
ガメー・トラウト――――同海洋生物学者
ルディ・ガン――――NUMA副長官
ハイアラム・イェーガー――――NUMAコンピュータ・エンジニア
ジェイムズ・サンデッカー――――アメリカ副大統領
モーガン・マニング――――イギリス保安局の諜報員
ヘンリー・クロス――――考古学者。ケンブリッジ大学教授
ソロモン・バーロウ――――武器商人
ロブソン――――バーロウの手下

33

スペイン、ビリャ・ドゥカル・デ・レルマ

オースチンとザバーラ、そしてモーガンは午後も半ばにレルマまで到着し、すぐに教会へ向かった。ポールとガメーが鞍《くら》をつけた五頭の馬を用意して待っていた。

モーガンを紹介すると、オースチンは馬を指さした。「ふたりは自由時間を利用して騎士《カバリエロ》にでもなったのか？」

「このあたりでは牧童《イエグエリーソ》と呼ぶの」とガメーが訂正した。「それにそう、墜落現場には馬で行くしかないから」

「場所がわかったのね？」モーガンが興奮気味に言った。

「多少心当たりがあってね」とポールが言った。

「どうやって見つけた？」とザバーラが訊《き》いた。

ガメーが墜落現場の発見について説明した。「あなたがた三人がフランス国家警察をもてなしてるあいだに、わたしたちは郷土史研究家から話を聞いたわけ。それで教会の台帳に、河床に墜ちた飛行機の身元不明のパイロットが埋葬された記録が見つかった。事故機はいまも現場に残されてる。見たことがあるっていう町のお年寄りもいるけど、もうほとんど砂に埋もれているみたい」

オースチンは北の高地を望んだ。「距離は？」

「ここから約一五マイル」とガメーは言った。「現場は〝ハヤブサの棲《す》み処《か》〟って呼ばれるあたりに近い側峡谷にある」

「相当きつい行程だそうだ」とポールが補足した。「徒歩で行くような場所じゃないって」

「全地形対応車《ATV》はどう？」ザバーラは疑いのまなざしで馬を見ていた。

ポールが首を振った。「もう調べはついてる。目的地まで運んでくれる全地形対応の移動手段は馬力しかない。しかも、気がかりなのは鞍ずれだけじゃないんだ。トーレス神父の話だと、けさ二人組の男が現われて、ぼくらとまったく同じ質問をしたらしい」

オースチンは首をかしげた。「こっちの聞き違いじゃないな？」

ポールはうなずいた。

「その男たちは何者？」とモーガンが訊《たず》ねた。

「トーレス神父にはファーストネームしか明かさなかったって」とガメーが言った。「本人たちはオックスフォードから来たと言い張っていたけれど、神父には軍人らしい風貌《ふうぼう》に見えたみたい。頭は丸刈りで、ジムに入りびたってるような身体つきだったそうよ」

「バーロウの手下じゃないかな」とモーガンが言った。「フランスでわたしたちを攻撃してきたのと同じ要員かもしれない」

オースチンはモーガンの見立てに賛同した。その人相風体《ふうてい》からすると、ケンブリッジで襲われたむさ苦しいごろつき連中というより、シャトーに侵入した一団に似ている。

ザバーラが言った。「わからないのは、やつらがどうやってこの場所を知ったのかってことさ。こっちはゆうべ気づいたばかりなのに」

「シャトーで何か見つけたんだろう」オースチンはそう言うとガメーに目をもどした。「むこうのリードは何時間？」

「四、五時間かな。正確な出発時刻はわからないけど、町はずれに住んでる牧場主がけさ、牧場から馬数頭とラバ一頭が盗まれたから気をつけろと言いにきたわけ。人相は一致するわ」

「その牧場主が生きててよかった」とモーガンが言った。「バーロウの一味は目撃者をほとんど残さない」

オースチンは情報をまとめた。「五時間の差は大きい。だが連中は飛行機を見つけて掘り出し、探し物を回収して河床を引きかえしてこなくてはならない。急げばむこうの不意を突ける」

もはや時間を無駄にすることなく、馬上の人となった彼らは蛇行する川をレルマから北へ、休まず二時間移動した。最初の道程は川沿いに馬を歩かせるので楽だったが、〝ハヤブサの棲み処〟まで半ばに差しかかると道が上りになった。馬は勾配《こうばい》をものともせず、車輪のある乗り物では到底登れない岩肌の斜面を進んでいった。

難所を越えると道はまた平坦《へいたん》になった。川の流れが堰《せ》き止められ、天然のダムとなっている風景が方々に見えた。水が溜《た》まって出来た池や湖の周囲には緑草が丈高く伸びている。静けさをたたえた湖は鏡面のように空を映し、スペイン風のオアシスをつくっていた。

最後の湖を過ぎて一時間、ついに川の両岸が切り立ち、そびえる崖《がけ》が渓谷をほかから孤立させたような場所にたどり着いた。その先は支流が流れていた。

「ここが〝ハヤブサの棲み処〟だ」ポールは入手した地図と小型のGPS画面で方角を二重に確認していた。「トーレス神父の話では墜落現場はこの付近で、渓谷のあっち側だ」

一〇〇ヤード前方左側に、川から遠ざかるように谷があった。高台に切れこんで崖に囲まれている。

「待ち伏せにはもってこいの場所だ」と鞍上《あんじょう》がしっくりこない様子のザバーラが言った。

「こっちはむこうがリードしてるのを知ってる」とオースチンは指摘した。「だが、むこうはこっちが来ていることを知らない。それでも、姿は見せないようにしよう」

「あそこに着陸しようなんていう人の気が知れないわ」とガメーが言った。

「ほかにやりようがなかっただけさ」とオースチンは応えた。「墜落現場までの距離は?」

「一マイル足らず」とポールが言った。

オースチンはザバーラとモーガンを見た。いよいよ面白くなりそうだった。彼は五〇ヤード後方の木陰を指して言った。「ポール、きみとガメーは馬をあそこに繋《つな》いで待機してくれ。ジョーとモーガンとぼくが歩きで行く。きみたちは馬の見張りと警戒を頼む」

想定していた反発は出なかった。「残るのはかまわないけど」とガメーが言った。「いったい何をする気なの？」

「きみは西部劇をろくに観なかったんだな。敵にこっそり忍び寄って銃を抜き、手を上げろって言うのさ」

34

「あそこにいる」小型双眼鏡を覗《のぞ》きながらオースチンは言った。

オースチン、ザバーラ、モーガンは〝ハヤブサの棲み処〟を通り過ぎて側峡谷にはいった。影から出ないようにしながら、峡谷の片側の壁が前世紀のどこかで崩落して出来たガレ場まで来た。その光景は、背後の岩が氷河の氷塊のように剥落《はくらく》して地面に叩《たた》きつけられ、粉々に砕け散るさまを想像させる。

巨岩のかけらが乱雑に積みあがっていた。三人はその地形に身を隠しながら墜落現場に近づき、残り一〇〇ヤードあたりで足を止めた。

トラックほどの大きさの岩の上に腹這《はらば》いになると、その縁からすでに飛行機を見つけて発掘をはじめている男たちの様子をうかがった。

「四人いる」とオースチンは言った。シャベルと水のペットボトルが散らばっている。ライフルが岩に立てかけてあった。何より目を惹《ひ》いたのは、すでに古い飛行機がほぼ完全に掘り出されていることだった。「時間を有効に使ったな」

機体に沿って深い溝が掘られていた。尾部の下にはゴルフコースのバンカーほどの穴があき、左右の翼の下にはそれより小さな窪《くぼ》みがつけられ、エンジンと墜落時につぶれたプロペラが露出していた。

オースチンは双眼鏡をモーガンに手渡した。

「間違いなくバーロウの一味ね」とモーガンは言った。「真ん中の男はわかる。カッパという傭《よう》兵《へい》よ」

「ほかは？」

「見分けがつかない。でも、みんな同じタイプ」

モーガンから双眼鏡を手渡されたザバーラは、男たちの疲労困憊《こんぱい》ぶりに気づいた。

「まずいな、当分作業にもどりそうにない。こっちに背を向けて掘っててくれたらずっと近づきやすくなるんだが」

「たぶん休憩中なんだ」とオースチンは言った。

ザバーラが見ていると、ひとりがペットボトルを大きく傾けて水を飲み、空になったボトルを脇《わき》に放った。別のひとりが日陰になった地面で手足を伸ばした。カッパの隣りに立つ三人めは無線機を手にして、その足もとには手提げ紐《ひも》が二本ついたナイロン製の赤いダッフルバッグが置いてあった。

「休憩じゃない」とザバーラが言った。「作業は終了してる。あのバッグを見ろよ。中身はおれたちが探しにきた石のかけらだ」

オースチンは双眼鏡を取りかえしてダッフルバッグに注目した。いちばん大柄な男が地面から持ちあげて肩に担《かつ》ぎ、高みに向かった。手提げ紐がぴんと張っていた。二〇ヤードも運んだところで、大男はバッグを下ろして肩をさすった。

周囲を探ると馬とラバが見えた。男たちがいる場所から四〇フィートほど斜面を下ったあたりで、ねじ曲がったキャニオン・オークに繋がれていた。馬たちはオークの葉を食《は》んでいた。ラバは銅像のようにじっとしていた。

「馬で運び出すところで待ち伏せできる」とモーガンが提案した。

オースチンはモーガンがカッパと呼んだ男に双眼鏡を向けた。カッパは手で陽射しをさえぎりながら遠くを眺めていた。「馬は使わない」とオースチンは言った。「使うのは空路だ。あの様子から見て、すぐにでも出発しそうな雰囲気だ」

モーガンは周辺の地形を探った。ダッフルバッグは狭い峡谷のほぼ中央まで引きずられている。左右の壁まで五〇フィートもない。高さ二〇〇フィートの崖は、頂上に向かうにつれてわずかに間隔が開いている。モーガンはザバーラを見た。「ここにへリは降りられる？」

「無理だ」とザバーラは答えた。「でも、バケツを下ろすことはできる」狭い峡谷から物を空輸するには、それが唯一まともな方法だった。

オースチンが耳をすましていると、やがて他ならぬヘリコプターの音が聞こえてきた。最初は峡谷の壁に幽霊のように谺《こだま》する遠く空《うつ》ろな音だったが、一秒ごとに力強さを増していった。

「迎えが来たな」とザバーラが言った。「出発を遅らせるなら急がないと」

35

〝ハヤブサの棲み処〟、墜落現場

カッパは接近してくるヘリコプターの音を耳にした。墜落機の発掘で汗にまみれ、疲れで全身が痛んだ。運搬チームに連絡を入れる際にはそれを隠さなかった。「遅いじゃないか」カッパは無線の〈通話〉スイッチを押さえて言った。「こっちはまる一日ここにいたんだ。待ちくたびれた」

「位置の特定に手間取った。指示がひどくいいかげんだったもんでね」

小さなスピーカーから聞こえてきたのはロブソンの声だった。心ある謝罪のひと言もなかった。

「まもなく上空だ。準備させろ」

「もうできてる」カッパは言下に返した。

かの飛行機との関係を見出《みいだ》し、サン・セバスティアン近郊の墜落位置を特定したのはロブソンだとはいえ、現場に赴き、土に埋まった古《いにしえ》の機体の掘り出しを任されたのはカッパだった。

しょせんブービー賞。

それでも、象形文字が描かれた石を直接バーロウに手渡せるならやる価値はある。

カッパは無線機を顔から離すと、口笛で部下に合図した。「行くぞ」

部下たちもすっかり消耗していたが、運搬チームの到着に活気づいていた。勢いよく立ちあがってカッパのまわりに集まると、空を見あげてヘリコプターの到着を待った。

ついに現われたヘリコプターは風上に機首を向け、慎重に位置を調整しながら彼らのほぼ真上で停止した。

「やっとだ」とひとりが言った。

「安心するのはまだ早いぞ」カッパはそう言って無線機を顔に近づけた。「そこでいい。ストレッチャーを下ろせ」

ヘリコプターの側面の扉が開いて固定され、ロブソンが救助用バスケットを振り出すのが見えた。バスケットといっても、実際は長方形の薄いストレッチャーだった。

回転を防止する補助索があるにもかかわらず、ストレッチャーは吹き降ろしの影響で前後に揺れ、よじれるように下りてきた。

「ひどい乗り心地になりそうだ」と誰かが言った。

カッパは、自分と石の詰まったダッフルバッグを引き揚げさせ、さらに部下たちを収容するのに少なくとも二回、ことによると三回の上げ下ろしが必要になると読んでいた。早く作業をはじめなければならない。カッパは無線の〈通話〉ボタンを押した。

「すこし西にずれてる。位置を直してつづけろ」

すると驚くべき応答が来た。ロブソンの声にパニックがにじんでいた。「カッパ、標的が接近してる。不審者三名、そこから四〇メートル」

最初はロブソンが子どもじみた脅しを仕掛けてきたのかと思った。が、敵の動きを認めた部下のひとりが発砲した。そこに応射があって、カッパが物陰に身を投げるとともに銃撃戦の火蓋《ひぶた》が切られた。

36

墜落現場まで半ばというあたりで、オースチンたちはヘリコプターに気づかれた。移動中もカッパから目を離さずにいたオースチンは、無線で警告を受けた相手の顔に緊張が走るのを見逃さなかった。その意味は明白だった。

「伏せろ」とオースチンは叫んだ。

ザバーラとモーガンが安全な場所へと散ったとたん、カッパの部下が放つ自動小銃の銃声が峡谷に響きわたった。

「やっぱり安息っていうのは長続きしないな」とザバーラが声をあげて撃ちかえした。

オースチンは戦場を見渡した。身を隠したカッパと部下が銃撃してくる間にも、頭上でホバリングするヘリコプターから救助用バスケットが降ろされてくる。オースチンはこの状況を前向きにとらえることにした。「いい知らせは、むこうはおれたちから目を離さないかぎり、荷物を積めないってことさ」

モーガンは別の見方をしていた。「悪い知らせは、彼らがその気になるまで、こっちは身動きが取れないってこと」

「もっと悪い知らせがある」とザバーラが言った。「敵は四人だ。ふたりがこっちを牽制《けんせい》するあいだに、残るふたりが荷物を積み込める」

「ペシミストめ」とオースチンは言った。「おれはペシミストたちと働いているのか」

オースチンはよりよく地勢を見通せる場所に移動した。部下が発砲をつづけるなかで、カッパは揺れるストレッチャーに手を伸ばそうとしていた。

巻きあがる土煙からみて、敵が狙《ねら》っているのはザバーラとモーガンだった。オースチンはその利を生かして射撃姿勢を取り、最も強力な武器を持つ男に照準を合わせて四五口径のコルトM1911の引き金をしぼった。

被弾した男は横っ飛びに倒れてライフルを手放した。

敵の標的がオースチンに変わった。オースチンは岩山の裏に身をかがめた。数発がそばをかすめ、残りは周辺の花崗岩《かこうがん》が弾《はじ》きかえした。

オースチンは新たな場所を求めて、ザバーラとモーガンが身を隠すあたりまで匍匐《ほふく》していった。そこは峡谷のほぼ中央で、ふたりは干上がった河床に横たわる倒木に背をあずけていた。樹皮が剝《は》がれて久しい倒木の幹は陽射しのせいで白茶けていたが、弾《たま》を除《よ》けるには充分な厚さと硬さがあった。

モーガンがヘリコプターを見あげた。「あのドアから撃ってこられたら面倒ね。絶好の角度ってわけじゃないけど、できれば参戦しないでもらいたい」

ザバーラが頭を振った。「こんな狭い場所であいつを撃ち落としたら、燃えるジェット燃料にまみれて、金属の破片を浴びるはめになる」

「ヘリは気にするな」とオースチンは言った。「狙撃手《そげきしゅ》がいればとっくに撃ってきてる。男四人と数百ポンドの石を載せる計画なら、余計な人員は連れてこない。操縦士二名に乗員一名がいいとこだ。つまり位置を保ちながらのバスケットの上げ下げで手一杯ってことさ。となると、最善の策はカッパと地上要員を倒すことだ。そうなったら、あの鳥は尻尾《しっぽ》を巻いて逃げていく」

モーガンがポケットから小さなディスクを取り出した。

「トップスパイの秘密のガジェットかな?」ザバーラが期待をこめて訊いた。

「そうじゃないけど」モーガンは親指でディスクの蓋《ふた》をあけた。その中身は化粧品で、蓋の裏側に円い鏡が付いている。

「化粧を直してる時間はないな」とオースチンは冗談を言った。

「女は身だしなみが大事なの」とモーガンが言った。「それと相手を見きわめることも」

モーガンはコンパクトを掲げると、その鏡を潜望鏡のようにして、銃弾に身をさらすことなく敵を観察した。「彼らはまだ平らな場所にいる。中央にカッパ。その片側に一名。ダッフルバッグを取りにいくみたい」

それを確認する間もなく、狙いすました一発がコンパクトを弾き飛ばした。モーガンは手を振って指をさすった。「〈マークス&スペンサー〉で五〇ポンドもしたのに」

「動いたほうがいい」とオースチンは言った。

「わたしの手から三インチのコンパクトを飛ばした相手がいることを考えて、正面攻撃には反対よ」とモーガンは言った。

「そこにもう一票」とザバーラが言った。

オースチンの一票で満場一致になるところだったが、彼には別のプランがあった。

「跳弾を食らったことはあるか?」

「あるよ」ザバーラが答えた。「相当な痛みがある。動けなくなるほどじゃないが」

「気勢は削《そ》げる」はっきり目を輝かせたオースチンは峡谷の壁を指さした。どちら側も平坦で滑らかな花崗岩で、底の斜面には岩屑《いわくず》が一フィート足らず堆積《たいせき》している。

「なるほどね」ザバーラは納得した。

「バンクショットで当てるつもり？」とモーガンが訊いた。

オースチンはうなずいた。「それで側面から撃たれてると相手に思いこませる。で、むこうの狙いが片側に移ったところで、きみが正面から攻撃をしかける」

モーガンは、そんなアイディアをさりげなく口にするオースチンに驚いていた。

「ほかにも考えがあるなら言って」

「黙って連中を逃がす」

モーガンは笑った。「正面攻撃よ。合図して」

オースチンは敵の真上にいるヘリコプターの影から標的の位置を判断した。倒木から離れ、ふさわしい角度を取れる場所まで這っていくと、コルトを構えて狙いを定めた。

倒木の反対の端で、ザバーラがやはり射撃位置まで移動していた。準備ができるとオースチンにうなずいてみせた。

オースチンは横に身を乗り出すように発砲した。峡谷の壁に当たって火花を散らした銃弾が、ヘリコプターの下にいる男たちのほうへ飛んでいくのが見えた。

ザバーラの九ミリ口径の弾丸は反対の壁に飛んだ。峡谷の側面に向いた敵の応射はかなり遠く、オースチンは作戦が功を奏したことを知った。「いまだ！」

モーガンは頭をもたげ、両腕を倒木に置いてカッパの部下を狙うと、落ち着きはらってすばやく引き金をひいた。立てつづけに放たれた三発がカッパの左側にいた傭兵を、さらにつづいた四発が右側の兵士を制した。ふたりは倒れて動かなくなったが、つぎにモーガンが狙ったカッパは救助用バスケットに飛び乗り、ダッフルバッグの陰に隠れていた。

モーガンはかまわず発砲したが、石の詰まったバッグが装甲板となって弾を撥《は》ねかえした。

「石はストレッチャーに積まれてる」とモーガンが叫んだ。「カッパもいっしょに上がっていくわ」

ヘリコプターはカッパとダッフルバッグを載せたストレッチャーを引き揚げながら、移動を開始していた。ホバリングから加速に移り、峡谷の口から川の本流へ向かっていった。

この逃亡劇を目にし、もはやヘリコプターを止められないと悟ったオースチンにできるのは、そこに分別があるかどうかは別としてひとつだった。彼は銃をホルスターにおさめると助走をつけ、通り過ぎようとするストレッチャーに飛びついた。

激しく揺れる縁を両手でつかんでぶらさがった。

思わぬ衝撃にバランスをくずしたカッパは、落ちまいと手すりをつかんだ拍子に拳《けん》銃《じゅう》を手放した。銃はダッフルバッグに当たり、オースチンの横を滑り落ちていった。

その瞬間、オースチンはタコになりたいと思った。腕がもう一本あればカッパの銃を拾うことができた。少なくとも自分の銃を抜くことができる。しかしこの状況では脚を振って揺さぶり、銃を地面に落とすのがやっとだった。

狭い隙間《すきま》から広々とした河床の上に出るとバスケットは安定したが、ヘリが南に転針して速度を上げると、ふたたび移動遊園地の遊具のように大きく旋回した。

ヘリコプターが直進にもどると、オースチンは身体を引きあげて片手を伸ばし、ダッフルバッグの縁をつかんだ。この荷を引っぱって下に落としてやれば、ヘリがそれを回収しようと引きかえすタイミングで安全に飛び降りることができる。だが、バッグは動かなかった。金属製のテンショニング・バックルで留められた三本のナイロン索でしっかり固定されていたのだ。

バスケットにぶらさがりながら——そして加速を痛いほど感じながら——オースチンは一個めのバックルに手を伸ばし、金具の下に指をくぐらせて持ちあげた。ストラップは緩んだ。が、それを抜こうとすると、宝の詰まったバッグの上からカッパが殴りかかってきた。

オースチンはそのぎこちないフックをかわしたが、またもバスケットにぶらさがる体勢に後戻りした。

あらためて教科書通りの懸垂をしてダッフルバッグに手を伸ばした。そこにナイフを手にしたカッパが突き込んできた。

その腕を引っぱりこんだものの、ナイフはフィールドジャケットを通してオースチンの皮膚を裂いた。灼《や》けつくような痛みが走った。が、それ以上の問題は、思わず腕を引いたせいで片手でぶらさがる格好になったことだった。ヘリコプターの推進力や風圧のもとでは長く耐えられそうにない。

それでもオースチンは空いた手でストレッチャーをつかむことなく、代わりにジャケットの内側のショルダーホルスターからコルトを引き抜いた。そしてフレームを握る手にナイフを突き立てようとしたカッパに、頼りになる武器を向けた。

最初の一発がカッパの肩を捉《とら》えた。

弾の威力にカッパはよろけた。後ろざまに倒れこみながら補助索に手を伸ばしたが、わずかに届かなかった。奇妙な表情とともに、カッパはストレッチャーから落ちていった。

転落する相手を見るまでもなかった。オースチンはコルトをホルスターに押しこみ、バスケットの縁をつかんだ。両手でしっかり握ったところで万全とはいえなかった。長くホールドしていた左腕が悲鳴をあげていた。右腕のジャケットの裂け目には血がにじんでいる。

あらんかぎりの力をこめ、救助用バスケットの上まで身体を引きあげた。ようやく手に入れた安全と安定につかの間の喜びを味わうと、オースチンは次の行動に思いを凝らした。

37

ロブソンは峡谷を行くヘリコプターの後部にしゃがんでいた。片手をウインチのコントローラーに置き、片手で手すりをつかみ、眼下で繰り広げられている失態を貨物扉越しに眺めていた。

　バスケットは六フィート下で、五〇〇ポンドの振り子さながら左右に激しく揺れていた。それによってウインチの支点が軋《きし》み、機体の偏揺れ《ヨーイング》と横揺れ《ローリング》が起きていた。

　バスケットを引き揚げようにも動かなかった。「どうなってるんだ?」ロブソンはスイッチを弾きながらわめいた。

「重量オーバーだ」とパイロットが叫びかえした。「あの男が飛び乗った時点で、ウインチに負荷がかかりすぎた。どこかでヒューズが飛んだらしい」

　また下に目をやると、まさにカッパがストレッチャーから落ちていくところだった。

カッパのことは嫌っていたとはいえ、さすがにそれが良い知らせでないことはわかっている。ロブソンは引き揚げをあきらめて銃を抜いた。「揺れを抑えろ」

「やってる」とパイロットが叫んだ。

パイロットの努力もむなしく、ヘリは見えない力に翻弄《ほんろう》されているかのごとく揺れつづけた。ロブソンは懸命にバランスをとりながら、片手で銃を構えた。振れたバスケットが視界から消えた。そのタイミングをはかり、もどってきた瞬間に発砲した。

オースチンも同じことをした。

鉛弾がヘリコプターのアルミ製の薄い底板を叩いた。その一発がロブソンのブーツの爪先《つまさき》をかすめ、もう一発が片側に跳ねた。三発めが頭上の天井に穴を穿《うが》った。ロブソンはコクピットにダイブした。オースチンにヘリを墜落させる気はないはずだが、ほかに手がなければそれもやりかねないという気がした。

「どうする?」とパイロットが訊ねた。

「やつを振り落とせ」

「荷物は?」

「バッグは縛りつけてあるが、オースチンはそうじゃない。振り落とせ」

「死を覚悟したらこっちを撃ってくるぞ」

「飛び降りられる低空を飛べば、そんなことはしないさ」

パイロットはそれ以上言わず、出力を上げて曲がりくねる渓谷の中央をめざした。ヘリコプターは加速しながら降下をつづけた。飛行高度はまもなく一〇〇フィートを切り、ストレッチャーから地上まで三〇フィートになった。

ロブソンがおそるおそる覗くと、オースチンが身構えているのが見えた。「ターンしろ」と命じた。

ヘリは旋回をはじめ、そして直進にもどった。下を見るとオースチンはまだバスケットに留《とど》まっていた。

「もっと激しく」ロブソンは注文をつけた。「旋回だ。いつまでも耐えられやしない」

オースチンは救助用バスケットに身体をねじこむようにしていた。片手でフレームを、片手でコルトを握り、両足は隅に突っ込んだ。パイロットの思惑はわかっていた。しかし、それを挫《くじ》くには操縦席を狙ってパイロットを射殺するか、エンジンか燃料タンクを撃つ以外になさそうだった。

ヘリコプターが鋭くバンクすると、オースチンはフレームを握る手に力をこめた。バスケットが前後左右に大きく揺れた。それでもオースチンが落ちないのを見ると、パイロットは旋回パターンに移った。この飛行が持つふたつの利点は、いずれもオースチンにとっては不利なものだった。

まず旋回をつづけることで、ヘリコプターは揺れによって針路をはずれるおそれがなくなった。ひとたび旋回にはいると、ストレッチャーが錘《おもり》の役を果たし、機体の揺れはメリーゴーラウンド程度におさまった。乗り心地は驚くほど滑らかになり、ぞっとするほどのスピード感がもたらされた。

もうひとつ――オースチンにとって、これがより深刻な問題だったが――旋回パターンによって遠心力のレベルが上がり、いまにも振り落とされそうになったことである。人間の体力に限界があることにくわえ、旋回が脳、腕、そして手から血液を奪っていく。仮に力が残ったにしても、強いGが掛かった戦闘機のパイロットのように意識が遠のいていくだろう。その時点で体力の限界を待たずに、縫いぐるみよろしく外に飛ばされていくのだ。

急激に負荷が増大するなかで、すぐにも策を講じなければならない。

オースチンはきつく握りしめたコルトを上に向けた。銃弾でケーブルを切断するか、あるいは機体に損傷をあたえて着陸を余儀《よぎ》なくさせるつもりだったが、掲げた腕がしだいに重くなり、前後に揺られるうちに七〇ポンドもの重量を感じるようになった。

どうにか狙いを定めようとしていると、ヘリコプターが旋回の度を増していった。

オースチンの腕が脇に落ち、重力がその手から銃をもぎ取った。

オースチンは腕をもどし、ストレッチャーのフレームをつかんだ。

ヘリコプターの旋回がいよいよきつくなっていった。オースチンは眩暈《めまい》をおぼえた。動悸《どうき》がして腕が顫《ふる》え、意識が朦朧《もうろう》とした。

かすんでいく視界のなかでダッフルバッグに手を伸ばした。その分厚い帆布に手を這わせ、最初のストラップを見つけた。それを引いてバックルからはずすと、二本めのストラップを探った。

探りあてたバックルの金具を引きあげようとしたが動かない。引っかかっているのか、あるいは腕が萎《な》えているのか。体重を掛けるようにしてもう一度力をこめると、今度は動いたが、その時点でオースチンは気を失いかけていた。すべてが灰色になり、漆黒に溶けかけていた。

脳に血流をもどそうと両脚を閉じ、腹筋に力を入れた。すると一時的に視界が元どおりになった。飛び去っていく地面に目を凝らすと、高度は二〇フィート足らず。砂と岩が過ぎて木々の緑が見え、その後に夕陽に照らされた暗い水面が現われた。ヘリは小さな湖の上を飛んでいた。

風景のパターンがくりかえされながら、旋回による円が狭まっていった。砂、岩、樹木、水――すべてがめくるめく巨大な渦となって流れていく。

視力と腕力の一部が回復したところで、オースチンはふたたび二個めのバックルの金具を引きあげた。今度ははずれた。

ストラップが風にはためき、ダッフルバッグの位置が何インチかずれた。だが全重量が掛かった第三のストラップは一層きつく締まることになった。

動かそうにもびくともしない。

パイロットは機体をバンクさせ、さらにタイトな旋回をはじめた。

オースチンは己れをいま一度奮い立たせた。バックルをつかんで引いた。手が滑って離れた。全身に掛かるGが大きすぎ、持ちこたえることができなかった。足の踏ん張りが利かず、バスケットから半身がはみ出した。空いた手でダッフルバッグのはためくストラップを探ってつかんだ。外に放り出されることはまぬがれたものの、いまや両手の力だけでつかまっていて、両脚はバスケットの外に出ていた。もはや遠心力に抗《あらが》って体勢をもどすのは不可能だった。

両腕が焼けるように痛んだ。下を見ると岩場だった。そして砂。木々。最後の一周で、つぎに何が来るかはわかっていた。

オースチンは手を放して宙を飛び、小さな湖の中央に足から突っ込んだ。

38

高速での着水だった。湖面を突き破る際には、水に潜る速度が鈍るように両腕を大きく広げた。それでも底面に当たったときには、泥の堆積物にブーツがめりこむほどの衝撃があった。

たったいま飛行中のヘリコプターから投げ出された人間とは思えない恐るべき冷静さで、オースチンは水面を見あげた。水の濁りに光がさえぎられ、マスクもゴーグルも着けていないのではっきり見通せるわけではないが、燦《きら》めく水面までは二〇フィートほどだった。

動きはなかった。とどめを刺そうという銃弾の飛来を告げる泡もない。見えるのは自分が入水したときの波紋と、その輪のなかに見える夕空の色だけだった。

手を伸ばしてブーツの泥を除けると、湖底を蹴《け》って水面をめざした。水面からそっと顔を出して息を吸い、空気を味わった。

周囲に目を走らせると、南の方角へ遠ざかるヘリコプターが見えた。引きかえしてオースチンの死を確かめたりせずに、峡谷から逃げだすことを選んだのだろう。オースチンに驚きはなかった。もどってもトラブルを招くだけだ。彼らにとっての最善の策はダッフルバッグを巻きあげるか、安全な場所に着陸して回収することなのだ。いずれにしろ、ヘリコプターはもういない――〝ケスンの碑文〟とともに飛び去った。

とにかく自分はまだ生きている。

岸まで泳いで水から上がると、岩を見つけて腰をおろした。靴下を絞っていると、ポールとガメーが馬でやってきた。予備の馬を曳《ひ》いていた。

オースチンを見つけた夫妻は安堵《あんど》していた。ガメーがムードを明るくしようと最初のジョークを飛ばした。「入浴には奇妙な時間だけど、この水には癒しの効果があるって」

「命を救う効果さ」とオースチンは返した。

ガメーは予備の馬をオースチンのそばまで曳いてきた。「危険なものに注意しろとは言われたけど。まさか、ヘリコプターに宙吊《ちゅうづ》りにされる空中アクロバットがあるなんて聞いてなかった」

「その場面は割愛すべきだったな。すべて徒労に終わった」オースチンは靴下を肩に掛けると裸足《はだし》でブーツを履き、紐をしっかり結んで鞍にまたがった。ひどく消耗したうえに頭痛もして、〝ハヤブサの棲み処〟まで歩いてもどる気にはなれなかった。「馬を連れてきてくれて助かった。ジョーとモーガンは？　無事なのか？」

この質問にはポールが答えた。「ふたりは墜落現場に残って、きみのスタントを無線で報《し》らせてきた。一マイル手前で誰かが落ちるのが見えたんだ。きみじゃないってわかって心底ほっとしたよ。そのあとにきみが落ちて、最悪の事態を思ってぞっとしたけど」

「自分で飛び降りたんだ」とオースチンは言った。「腹打ちしなくてよかった」

「それで、これからどうするの？」とガメーが訊ねた。

「〝ハヤブサの棲み処〟にもどってあの飛行機を徹底的に調べる」

「どうして？」とガメーが疑問を口にした。「価値のあるものはみんな持ち去られたわ」

オースチンは馬上でストレッチをして、背筋がほぐれ、背骨がととのう素晴らしい感覚を愉《たの》しんだ。「確かめるまではわからない。連中が何かを見落としてる可能性もある。見落とすとしたら、たぶん小さくて目立たないものだ。最小の手掛かりが最大の違いをもたらすことがあるからな」

39

飛行機の墜落現場に全員がもどると、ザバーラがモーガンとともに調べた結果を説明した。「オールメタルの双発機だ」

「状態は?」

「良好な部分もある。実は物語は二部に分かれる。土に埋もれてた部分の保存状態はどこもまずまず、露出してた部分はひどい傷《いた》みようだ」

ザバーラが手で示した箇所に目をやると、その境界がはっきり残っていた。

「探し物は機体そのものじゃない」とオースチンは言った。「はじめよう」

ガメーがうなずき、機体の正面にまわった。「わたしたちで舳先《へさき》を調べるわ」それはポールとふたり、ということだった。「そう、機首ね。このあたりはあんまり発掘してないみたいだし」

「おれは内部を調べる」とオースチンは志願した。

「わたしも」とモーガンが言った。

「残りはおれってことで」とザバーラ。

各自が持ち場に散り、ザバーラは翼の後方付近の機体を下から覗いた。金属板の一部が切り裂かれていた。

ザバーラはその開口部に懐中電灯を向けた。下のほうには泥に埋まっていたが、大半はかき出されていた。複数の手形や指の跡がはっきり残っていた。「シャベルがはいらず、手で掘るしかなかったらしいな」

「連中が何かを見つけたってことか?」とオースチンが訊ねた。

ザバーラはその区画を調べた。「ここに貨物はなかったみたいだね。あるのは燃料ポンプと腐蝕《ふしょく》したホース、ガソリンタンクらしい金属の大型容器だけだ」ザバーラは指でタンクを叩いた。こもったスチールドラムのような音が響いた。そこにも堆積物がなかばまではいりこんでいた。

「小型機にしてはかなり大きなタンクだ」とザバーラは言った。「こいつを飛ばしたやつは、航続距離を最大にしたかったんだな」

ザバーラの声に耳を向けながらも、オースチンは自身の仕事に集中していた。機体によじのぼり、モーガンとともにコクピットを覗きこんだ。コクピット周囲の機体に、金属製のレールが付けられている。

「このレールって、スライド式キャノピーの一部かしら」とモーガンが言った。

オースチンはうなずき、コクピット前方に突き出した桁《スパー》を指さした。「あの金属の突起に接続して風防を固定していたんだろう」

キャノピーや風防の残骸《ざんがい》は見当たらなかった。そのためコクピットは風雨の標的とされ、カッパの部下がシャベルでかき出すまで砂に埋もれることになった。

機内に目をもどして計器パネルと操縦席の名残りを見た。操縦席は木枠と錆《さ》びたスプリング、皮革の切れ端だけだった。操縦桿《かん》は根元で折れてなくなっていた。床を覆う砂は中央より隅のほうに厚く積もっていて、座席下の木製の床にはシャベルの跡が残り、突き破られている箇所もあった。

「およそ丁寧とは言いがたい仕事ぶりだな」とオースチンは言った。

「保存には関心がなかったようね」とモーガンが答えた。

機体の縁を乗り越えてコクピットにはいったオースチンは、操縦士とほぼ同じように計器パネルの前に座った。パネルはほぼ無傷だったが、計器はガラスの大半が割れ、砂がはいりこんでいる。

手でふれてみるとパネルも木製だった。右手のほうに何本か縦方向の傷が走っていた。それは囚人が監禁された月日を数えるのに、房の壁に刻む印を思わせた。

「座席の後ろに何かある」とモーガンが言った。

オースチンは狭い空間で身をよじった。小型のスチーマートランクがあった。木と革でつくられた長方形のトランクで、隅に金属のリベットが打たれている。分厚い革は操縦席の座面より良好な状態で歳月を生き延びていた。

座席の残骸の奥に手を伸ばすと、トランクはすでに目一杯前方に引き出されていた。座席の基部と機体の管状の枠組みの間に挟まっていた。

バーロウの部下がこれを見逃すはずはないと思いつつ、とりあえず蓋をあけて覗いた。

「何かある？」とモーガンが訊いた。

「空だ。底に溜まった泥を除けば」

カッパの一味が見落としたものがないか、泥のなかに指を走らせた。ポケットや隠れた収納がないか、トランクの底を四隅まで調べてみた。見つけたのは石ころ二個、大きいほうはマッチ箱大のサイズだった。

泥をこそげ落とすと、煉瓦《れんが》に似た赤色が現われた。

「赤い石」とモーガンが口にした。「〝ケスンの碑文〟にそっくり」

オースチンは一個をモーガンに渡し、一個を自分のポケットに押しこんだ。ふたりはコクピット内のありとあらゆる場所を確かめていった。計器パネルをはずしてその裏側まで調べたが、興味を惹くものはなにもなかった。

思いつくかぎりの隠し場所をあたって収穫もなく、オースチンは外に出た。「誰か幸運をつかんだ者は?」

「前方はなし」とポールが声をあげた。

「後方も」とザバーラがつづけた。

「連中にぬかりがあるのを期待していたんだが」

「飛行機本体からわかることがあるかもしれない」モーガンはそう言ってザバーラに向きなおった。「このなかで航空機のエキスパートはあなたでしょう。この遺物に関して思い当たることはない?」

ザバーラは飛行機から数フィート下がった。「保守点検記録によると、製造は一九二六年ないし二七年。オールメタルってとこにもヒントがあるね。当時としてはかなり珍しい」

「アルミ製だな。でなけりゃ錆びついている」とオースチンは言った。

「目のつけどころがいい」とザバーラは返した。「双発で大型の燃焼タンクがあることからして、高速で長距離を飛べるよう設計されてる。普通に考えたら郵便輸送機か小型旅客機なんだけど、貨物用のスペースも座席も見当たらない」

「見当たらないのはそれだけじゃない」とポールが口を添えた。「こいつには車輪が一個もない」

ポールとガメーは機体前方に積荷がないとわかると、機体の下を掘って底を調べていた。

「着陸装置がない？」とモーガンが訊いた。

「機体の下は橇《スキッド》だけだ」とポールは言った。

オースチンとモーガンは地面に飛び降り、ザバーラのもとへ行った。三人で機体前方に移動し、しゃがみこんでその構造を確かめた。

ザバーラは機首の下に潜ると、スキーを思わせるレールに手を滑らせていき、やがて機体に四角いくぼみがあるのを発見した。詰まっていた土砂を指で取り除いていくと、頑丈な金属のピンと、撚《ひね》った金属索につながるフックが姿を現わした。

「外付けの装備か武器を取り付ける接続点みたいだけど」とモーガンが言った。「これって戦闘機なの？」

ザバーラにその考えはなかった。さらに後ろへ、コクピットからやや後方のもう一組のフックがある場所に移動した。「いまはないけど、離陸するときには車輪があったはずだ。ここと前に着陸装置があった。このフックは、パイロットが空中で切り離すためのものさ」

「なぜ着陸装置を切り離すわけ？」とガメーが訊いた。

「車輪と支持材が重いから」とザバーラは答えた。「空気力学的にも好ましくない。大きな抵抗が生じて飛行速度が落ちるし、燃料の消費量がふえる」

「着陸時の事故は防げるけど」とガメーが指摘した。

「現実として、このパイロットはほどほど安全に着陸してる。衝突した痕跡《こんせき》はないし、シートメタルに皺《しわ》が寄ってない。機首の圧迫も翼のねじれもない。見たかぎり、底部もふくめて機体の損傷はほぼない。砂地に降りるのに、スキッドが役に立ったみたいだね。これが車輪だったら、砂にもぐって引っくりかえってたかもしれないな」

「だったら、なぜ足を骨折した？」とオースチンは質《ただ》した。

「たぶん、石が詰まった袋を持ち出すときにつまずいて転んだ」

全員がそれに納得したところで、ザバーラは飛行機から離れた。いわゆる年代物の飛行機とはどこかがちがっていた。特別な目的のために設計されたものではないか。

「こいつはレース用の飛行機だったんじゃないかな」ザバーラは自分に語りかけるよ

うに言った。「飛行速度記録をつくろうとしてたか……」

その声が途切れた。機首から尾翼のあたりまで新たな視点で観察していった。機体の長さと翼の長さを頭に入れ、その他のディテールを検討した。「双発。オールメタルの機体。アメリカ人パイロット。このサイズの飛行機にしては大型で重い燃料タンク。極端に狭いコクピット。使い捨ての着陸装置」

答えがひらめくと、ザバーラはほかの四人を見やった。「こいつは片道の旅をする飛行機だ。着陸時の多少の破損は織り込みずみだった」

「それはどんな旅だ?」

ザバーラは答えなかった。ふたたび自身の思考にはいりこんでいた。視線を機体の前部にもどした。ディナー用の小皿ほどのマークが付いている。アルミ製の機体表面からわずかに浮き出したそのマークは、酸化や変色の具合がほかと異なり、黒ずんでいた。

ザバーラは近づいて表面の錆《さび》をこすった。「なんでいままで気づかなかったのかな」

「何のこと?」とポールが訊いた。

「このマークさ」

ガメーがザバーラの腕をつかんだ。「そろそろ秘密を教えて」と詰め寄った。「何が、どうしてわかったの？」

「わかったのはこの飛行機の正体さ」とザバーラは答えた。

「つまり、どんな種類の飛行機かってこと？」

「ちがう。この飛行機の正体が特定できたのは、こいつがたった一機しか製造されてないからだ」

ザバーラはナイフで錆をこそげ落とすと、水筒の水をかけたシャツの袖《そで》で円を描くように力強く磨いていった。積年の汚れが剝がれ落ちた。褪《あ》せた黒色はそのままでも、細部が見えるようになった。

動物の長い鼻の鼻孔から口。そして傾斜した額と片方の大きな目が現われた。さらに擦《こす》りつづけるうちに、求めていたものが――丸まった角をもつ牡羊《おひつじ》の横顔が浮かびあがってきた。その全体にアールデコ調の意匠が見て取れた。

「〈黄金の牡羊《ゴールデン・ラム》〉だ」ザバーラはそう言って顔を上げた。

「ゴールデン……？」

「ゴールデン・ラム」ザバーラはくりかえした。「こいつはジェイク・メルバーンの飛行機だ。一九二七年五月、大西洋横断をめざしてニューヨークを発《た》ったあと消息を絶った。彼はオルティーグ賞を狙っていた。その一週間後にチャールズ・リンドバーグが獲得した賞だよ」

ガメーは肩をすくめた。「その人の名前は聞いたことがないわ」

「人の記憶には勝者しか残らないからね」とザバーラは言った。「二位以下の人間なんて誰も憶えてやしない。賞を勝ち取ろうと何十人も挑んで、それで最低六人が命を落とした。ほかは行方不明のままだ。〈白鳥《ロワゾー・ブラン》〉の名で知られるフランス機は、パリからニューヨークへ向かう途中で消息を絶った。西行きの飛行で賞を獲ろうとしたんだけどね。メルバーンの飛行機はその一週間後、東に飛んで行方不明になった」

オースチンは尊敬の念も新たに飛行機を見つめた。「確信は?」

「ある」

ポールが首をかしげた。「消息を絶ったのはリンドバーグが飛ぶ一週間まえって言ったけど。こうしてヨーロッパに到達してるんだから、賞は〝ラッキー・リンディ〟じゃなくメルバーンのものになるんじゃないか?」

「厳密にいえばノーだね。賞を獲るにはパリまで行って——」

「だとしてもだ」とオースチンがさえぎった。「大西洋を無着陸横断した最初の人間はメルバーンだ。それだけでも英雄になれる」

「そう思うだろう?」ザバーラは思わせぶりに言った。「でもちがうんだな」

「なぜ？」

ザバーラはこわごわと周囲に目をやった。「ジェイク・メルバーンの飛行機が飛び立った数週間後、ブルックリンの氷貯蔵庫でメルバーンの死体が発見されたのさ。胸を撃たれて、死後かなりの時間が経《た》っていた。どのくらい氷のなかに閉じこめられていたかは不明だ」

全員が目を丸くした。

ポールが当然の疑問を口にした。「彼がニューヨークで殺されたとしたら、飛行機はどうやってここまで来たんだろう？」

「誰か他人が飛ばした」とザバーラは答えた。

「問題は、その誰の正体なんだが？」とオースチンが訊ねた。

ザバーラは肩をすくめた。「さあね」

モーガンが会話にくわわった。「整理させて。メルバーンという男が殺され、その後別の、記録に残っていないパイロットがこの飛行機で大西洋横断に挑んで行方不明になり、結局はここスペインで墜落して、どこの誰ともわからないまま死んで歴史から消えたってこと？」

「それ以外に筋が通る説明はできない」とザバーラは応えた。

「不運な話だな」とポールが言った。

「で、これがメルバーンの飛行機だって確信があるのね？」モーガンは先ほどのオースチンの質問をくりかえした。「同じ機種の別物という可能性はない？」

「同じ機はほかにはない」とザバーラは答えた。「メルバーンの機は賞を競う目的で特別に設計、製造されたものなんだ。牡羊の頭の装飾がその証拠さ。あれはジェイクの渾名《あだな》、仮面《ペルソナ》なんだ。彼は〝ゴールデン・ラム〟と呼ばれてた。誰とでも角突きあわせるけど、それを楽しんでるようなところがあった。信じてくれ、こいつは別人が操縦していようとメルバーンの飛行機だ」

「なんとも不自然な話ね」とモーガンが言った。

「もっと不自然なことがある」とオースチンは言った。「その正体不明のパイロットが〝ケスンの碑文〟を運んでいたってことだ。石板ははるばる新世界に渡り、またヨーロッパにもどったことになる」

モーガンが話を進めた。「メルバーンの身に何が起きて、誰がその代役だったのか突きとめれば、〝ケスンの碑文〟を誰がどこで発見したかわかるかもしれない」

神妙に顔を見合わせた五人は、その確率をおのおの計算していた。「大きな賭《か》けだが」とオースチンは言った。「この時点でブラッドストーン・グループより先に財宝にたどり着くチャンスはそれしかない」

40

スペインの北岸沖四〇マイル
商船〈チュニジアン・ウインド〉

ソロモン・バーロウは、年季のはいった四万トンのばら積み貨物船の船橋ウイングに立っていた。船倉の一部に穀物を積んだ〈チュニジアン・ウインド〉は、アルバニアのペーパーカンパニーが所有するパナマ船籍の船で、ブラッドストーン・グループはこれを使って世界に武器を運んでいる。

このハンディマックス船の購入にあたり、バーロウは船名を〈トロイの木馬《トロージャン・ギフト》〉に変えることも考えたが、自分たちの用途に沿いすぎていると思いとどまった。

この船が請け負うのは穀物の輸送で、さまざまな国で積み込んだ荷物を、法律を遵守《じゅんしゅ》し、時間通りに運んでいる。乗り組んでいるのはプロの船員で、保安検査もすべて通過していた。

積荷の重量が最大積載量よりかなり少ないことに、各国の当局から疑念の目を向けられることもなかった。船倉が満杯のときでさえ、下ろされる荷の重量は積載重量トンの半分というのが常で、それはこぼれて残っている穀物の下にプラスティックの保護材に覆われた武器が隠されているからである。

旧ソ連製の移動式ミサイルシステム、戦車、ヘリコプターを運んだこともあれば、数千挺《ちょう》におよぶアサルトライフル、徹甲ロケット弾、対人用手榴弾《しゅりゅうだん》とともに、小さな都市を吹き飛ばす量のプラスティック爆弾を船底深くに忍ばせて旅したこともある。〈チュニジアン・ウインド〉は長らくこの方法で航海をつづけてきた。その間、ハッチをあけてコクゾウムシの有無を確かめる以上の検査は受けていない。

いまは輸送業務の合間で、重要な積荷の到着を待って停泊していた。バーロウは水平線の先を見晴《みは》かしながら何度も時計を確かめた。我慢の限界に近づいていた。ようやく接近してくるヘリコプターが見えた。「カッパだろう。ライトで合図を送れ」

長年バーロウと行動をともにしてきた船長は、何も訊かずに命令に従った。船の用途には気づいていたし、ある理由から無線が切られていることも承知していた。近づくヘリコプターに高出力ライトを向け、そのシャッターを開閉して前部ハッチへの着船を指示した。

ややあって、ヘリコプターが着陸灯の点滅で応答してきた。

「むこうは確認しました」と船長は告げた。

「よし。錨《いかり》を上げろ。ヘリの着船と同時に出発するんだ」

出航の準備に取りかかる船長をよそに、バーロウはジャケットを羽織ってブリッジを離れた。階段でメインデッキに降り、船首まで行くにはなかなかの距離がある。バーロウが補強された前部ハッチにたどり着いたとき、ヘリコプターはすでに着船の態勢にはいっていた。

バーロウは船員数名がヘリコプターを固定するのを待った。その作業中にスライド式のドアが開いた。そこにひとりロブソンの姿だけを見て、バーロウは困惑した。

「カッパはどこだ?」

「死んだ」ロブソンは素気なく答えた。

「ほかの連中は?」

「やつより先に死んだ」

バーロウの目が怒気に固まった。「説明してみろ」

ロブソンはヘリコプターから飛び降りた。「念のために言っておくと、おれが殺したんじゃない。NUMAの工作員ふたりとMI5の女に待ち伏せされたんだ」

「カッパのチームは?」

「有利なはずの銃撃戦でやられた」とロブソンは説明した。「連中を弁護すると、不意打ちに遭ってね」

感傷には流されないバーロウだったが、数字には即座に反応した。オースチン、ザバーラ、そして情報部のマニングのせいで一〇名を失ったのだ。「おまえは無傷でもどったようだが、それはカッパたちが掘り出したものを持ち帰ったということだろうな」

ロブソンはヘリコプターの機内に手を伸ばし、ストラップをつかんでダッフルバッグを引き出すとぞんざいに下ろした。「おれはカッパとちがって、約束したものは届けますよ。それと、もう誰も残っちゃいないんだから、そろそろ上にもどしてもらいたいな」

バーロウはひとまずその要求を聞き流した。片膝《ひざ》をついてバッグのジッパーをあけた。そこに数十個ないしは百個ほどに割れた、タイルのように平たい石片がジグソーパズルよろしく詰まっていた。

「見つけたときにはそんな状態だった」とロブソンは言った。

バーロウは手のひら大の石片をひとつ取り出して、さらに何個かを手にして調べた。どの破片にも象形文字が描かれていた。あとは元の形に並べなおすだけだった。石片をダッフルバッグにもどしてジッパーを閉じた。「よくやった。ナンバーワンの地位はおまえのものだ。カッパみたいなドジは踏むな」

ブラッドストーン・グループの運営は海賊企業さながら、報酬は歩合と持ち株に応じて支払われる。昇進によって、ロブソンの稼ぎは数百万にふえるかもしれないのだ。しばらくロブソンを喜びにひたらせておいてから、バーロウは新たな仕事を命じた。

「私の船室まで運べ。こいつを組みなおして秘密を解かないとな」

41

スペイン、ビリャ・ドゥカル・デ・レルマ

レルマへの帰還は分かれ道を意味した。トーレス神父、若いソフィアとその伯母に別れを告げると、NUMAのチームは車で四〇分ほどの小さな空港へ向かった。彼らを待つジェット機は二機、行先はロンドンとワシントンだった。

オースチンはNUMAの〈ガルフストリーム〉に乗りこみ、パイロットと短く言葉を交わすと引きかえしてタラップを降りた。そしてザバーラ、ポール、ガメーとの別れの挨拶《あいさつ》をすましたモーガンに声をかけた。

「いっしょに来ないか？　パイロットには話をつけてある。燃料は充分にあり、ひとり乗客がふえてもフライトに支障は出ない」

モーガンはNUMA機を見て首を振った。「いま帰らないと、ロンドンがご機嫌を損ねるから。作戦本部長がペンブローク‐スマイズ大佐とわたしの報告を待ってるし、おそらく議会の面々に何時間も追及されることになると思う。それにクロス教授とも連絡を取って新たな見解がないか訊いてみたいし。すべてが片付いたら、すぐにアメリカ行きの算段に取りかかるわ」

「そう長くはかからない気がするな。フライトが決まったら教えてくれ。オースチン送迎サービスはあのあたりでは断トツだから」

「ぜひ」モーガンは堅苦しい態度をくずさなかった。「またお会いしましょう」

握手もハグもキスもなかった。モーガンはさっと踵《きびす》を返し、リアジェットが待つタラップの反対側へ颯爽《さつそう》と歩いていった。

モーガンの搭乗を見届けると、オースチンはＮＵＭＡの〈ガルフストリーム〉に乗りこんだ。

「乗客は五名？」とパイロットが訊ねた。

「いや」とオースチンは答えた。「四名だ」

パイロットが扉の安全を確かめてコクピットにもどる間に、オースチンは後部へ向かった。広々とした機内には座席の余裕があった。この機種は一二名の乗客が快適に長距離を移動できるよう設計されていたが、ＮＵＭＡは定員を減らしていくつか修正を施している。

前後二列に四席ずつ配したプレミアムシート八席のほか、格納式のフットレストにリクライニングさせてベッドに使えるカウチを配したエリアと、衛星リンクでNUMAのサーバーに直接つながるコンピュータ端末を備えたハイテク・ワークステーションがあった。その区画と向きあってウェットバー付きのキチネットが設《しつら》えられ、さらに奥の壁に衛星と接続された五〇インチのフラットスクリーン二台が並んでいる。

オースチンは通路側の座席に腰をおろした。前にザバーラが、通路を挟んでポールが座っていた。ガメーはポールの隣りで、いまから後にしようとするスペインの田園風景を物憂げに眺めていた。

〈ガルフトリーム〉が動きだすと、オースチンは背もたれに身を預けた。モーガンとの再会は疑いないことだが、心はすでに切り換わり、失われた財宝を探す次のステップに向けられていた。ジェイク・メルバーンを殺害した人物の特定は、捜査に一本の道をつけてくれるはずだ。もう一本の道は上着のポケットに入れた石片にある。

オースチンは取り出した石片の表面に親指を這わせた。多孔質の軟らかい石だった。撫《な》でた指に赤い粒子が付着する。彼はポールを見て石片を差し出した。「これをどう思う?」

海洋科学の博士号を持つポールは深海地質の専門家である。海底の岩石層に関する論文をいくつも書いている。オースチンからすると、海底の地質も陸上の地質もさほどの違いはなかった。

石を受け取ったポールは、しばらくそれを見つめると頭上のライトを点《つ》けた。「堆積岩だ。赤の色合いからみてかなりの量の鉄がふくまれてる。ナヴァホの砂岩を思いだすよ」

「ナヴァホの砂岩？」

ポールはうなずいた。「アリゾナ、ユタ、ニューメキシコでよく見られる朱色の岩だよ」

「珍しい色なのか？」

ポールは首を振った。「赤い砂岩は世界じゅうに分布してる。同じような地層でよく見つかるけど、ナヴァホが最初に思い浮かんだ。この石は象形文字の石板の一部？」

オースチンはそう考えていた。「そこにはなにも書かれてないが色合いは同じだし、縁が滑らかだ」

ポールは水に濡《ぬ》らしたナプキンで表面の汚れをさらに拭《ふ》き取った。「平らな三面が直角に接してる。角の部分かな。墜落したときに割れた破片かもしれない」

「そんな気がするな」とオースチンは言った。窓外に目をやると、滑走路上で〈ガルフストリーム〉のエンジン出力が上がりはじめた。「この石が世界のどこから出土したものかを特定する方法はないか?」

ポールが考えこむような表情になった。「絞りこむ方法はいくつかある」

「たとえば?」

「砂岩に埋まっている微細な化石を探して、そこから形成された年代が地質学的に判明するかもしれない。ウラン含有量と放射能レベルをチェックする方法もあるし、粉砕して正確な化学組成を分析してもいい。ひと口に砂岩といっても、場所によって多少の違いはある。いつ、どこで、どんなふうに堆積したかで変わってくるんだ。ただし地域を絞りこめたとしても、緯度や経度まで突きとめるのは難しいな」

ポールの話が終わるのと前後して、ジェット機は離陸に向けて助走をはじめた。加速していく機内で、オースチンはシートにゆったりともたれた。「大陸がわかればいい」とオースチンは言った。「そこからはじめよう」

42

イングランド、ケンブリッジ

水曜の晩、ヘンリー・クロス教授の帰宅は普段より遅かった。大学での会議が長引いたうえ、キャンパスの南のラウンドアバウトで軽い渋滞に巻き込まれたのである。

私道にミニクーパーを駐《と》めて助手席のブリーフケースを持ち、二〇年暮らす質素なコテージ風の自宅の裏口へ向かった。

鍵《かぎ》をあけて家にはいり、居間のガス暖炉に点火した。その炎は暖かさと心地よさをもたらした。さらに室内をオレンジ色に照らし、背もたれの高い椅子《いす》に座る男の姿を浮かびあがらせた。

「ばかに遅かったな」と男が言った。

教授は古代の巻物でも吟味《ぎんみ》するかのように男を見据えた。突き出した鼻、顔と首に生やした無精ひげ、耳まで下ろしたウールハット。手のなかの拳銃と、その銃身の先にねじこまれた円筒が目に留まった。

「なぜ銃にサイレンサーを付ける？」

むさ苦しい男はクロス教授に銃口を向けた。「ここは静かな住宅街だ。あんたを撃つとなったときに、お騒がせしても悪いだろう？」

教授は壁に寄りかかった。恐怖よりも苛立《いらだ》ちが先に立った。「望みはなんだ、ロブソン？」

「答えだよ」

「答えなら渡すつもりだった」と教授は切り出した。「アメリカ人がここに来たとき、きみときみのごろつきどもがあんなヘマをやらかさなければ、必要なものは全部送っていた」

ロブソンは座ったまま重心を移し、まるで家の持ち主のように脚を組んだ。そして馴《な》れた手つきで銃をショルダーホルスターにしまった。「派手に襲って感謝されると思ってたのにな。あんたの名声に瑕《きず》がつかないようにして」

クロス教授は頭を振って相手を睨《にら》みつけた。内側で沸きあがった怒りが口をついて出た。「連中がやってきたのと同じ日の同じタイミングで、きみらがケンブリッジに現われた偶然を怪しまれないようにお祈りすることだ」

「それなら」ロブソンはへらへらしながら言った。「お祈りするのはあんたのほうだよ。疑われて泥まみれになるのはおれの名前じゃない」

ロブソンは立って歩きだすと、教授の脇を過ぎてキッチンにはいった。断わりもなく冷蔵庫をあけて中身を物色した。「ひどいね。半分は期限切れだぞ、教授。あんたが古いもの好きなのは知ってるが、まったく、たまには買い物ぐらい行けよ」

教授は溜息《ためいき》をついた。「客があるとは思ってなかったのでね。それはともかく、何が望みだ？　私が持っている情報はすべて渡したぞ」

ロブソンは冷蔵庫の扉の上に頭を出した。「まるで慈善事業をやってる口ぶりだな。見返りなんかまるでないって顔して。バーロウの金はどうした？　この家には使ってなさそうだが」

「私なりの使い途《みち》はある」と教授は言った。

「女に入れこんでるのか？　あの可愛い秘書とか？」

「下品なことを言うな」

ロブソンは食料探しにもどり、結局ブドウをひと房取り出して扉をしめた。何粒かむしって口に放りこんだ。

街のごろつきは礼儀というものを知らない。「食べ物をあさりにきたんなら、私は失礼する」クロス教授は寝室に向かおうとした。

「見てもらいたいものがあるんだよ」とロブソンは言った。「新しい象形文字だ」

教授は足を止めた。「新しい？　どこにあった？」

「例の赤い石板だ。初めて見る箇所だ」

教授の目が見開かれていった。「また破片が見つかったのか？」

ロブソンはうなずいた。「全部見つかったってことさ。古い飛行機のなかで。あの日誌にあったとおり」

これまでのロブソンとはちがう、自信に満ちた横柄《おうへい》な態度にたちまち得心がいった。誰にも見つけられなかったものを入手したのだから、バーロウから言葉と金の褒美《ほうび》がたっぷり振舞われたにちがいない。「ここに持ってきてるのか？」

「まさか」ロブソンはまたブドウを口に入れた。「バーロウが持ち出しを許すわけがない。けど、こいつがある」

ロブソンは筒形の図面ケースを肩から下ろして蓋をはずし、丸められた紙を抜き出した。

「コンピュータで処理した画像だ。バーロウの部下が石ころの写真を撮って、コンピュータがそれをつなぎあわせた。そこにMI5がわざわざくださった写真も挿入してな。一〇〇個のかけらじゃなく、石板の全体像になってる。見たくないか？」

クロス教授は躊躇《ちゅうちょ》なく受け取った。すこしずつ伸ばしていった白い紙に、グレイスケールの画像が印刷されていた。写真のネガのように見えるそれを食卓にていねいに広げると、丸まらないように四隅に押さえを置いた。

頭上の照明を点けようと、チェーンを引こうとした手を止めた。

キッチンの窓を覗くと、外はすっかり暗かった。話しているあいだに夜が訪れていた。明かりはどうしても外に洩《も》れる。教授はロブソンを見た。「ブラインドを下ろしたまえ」

ブラインドが完全に下ろされると、クロス教授は明かりを灯《とも》して目の前の傑作に向かった。

すぐに引きこまれた。教授は古代の巻物のごとくその一枚の紙に見入った。それがインクと紙であることなど気にならなかった。重要なのは情報だった。

象形文字に指を走らせながら、脳を駆使して読み解いていった。やがて視線をさまよわせながらつぶやいた。「信じられない。これは三〇〇〇年まえのメッセージだ。それをいまこうして受け取ったのだ」

「バーロウは書いてある中身にしか興味がない」

「ナイルを休まず航海する船隊のことが書かれている」と教授は言った。「夜通し船を進めて、半月の明かりの下、メンフィスを通過したとある」

「メンフィス?」

「カイロの近く。アレクサンドリア。古代エジプトの都だ」教授は解読をつづけた。「その翌日、彼らは世界を後にした」

「世界を?」

「婉曲《えんきょく》表現だ」とクロス教授は説明した。「比喩《ひゆ》だよ」

「婉曲の意味ぐらいわかる」ロブソンは声を尖《とが》らせた。「つまりどういうことなんだ?」

「古代の地を離れたということだ。エジプトを離れたのだ」

ロブソンは納得した様子でブドウをまた口にし、椅子にくつろいだ。「行先は?」

クロス教授はコンピュータが生成した印刷物に目をもどした。読みながらメモを取り、わかったことを説明した。「長い太陽の日――夏至のことだろう――王家の統治者、ファラオ・ヘリホルは新たな旗を大船団の全船に掲げさせた。旗には〝アテンの標《しるし》〟があった」

「何だって？　その、〝アテンの標〟ってのは何なんだ？」

教授はまえにもどり、自分の解釈が間違っていないことを確かめた。「アテンとは太陽神の名だ」と静かに言った。「いや、これは驚きだ」

「エジプト人は太陽を崇《あが》めてるんだと思ってた」とロブソンが言った。「ラーとかそんなのを」

「古代エジプト人は多くの神を崇拝していた」教授は説明した。「彼らはギリシャ人やローマ人と同じく万神殿《パンテオン》をつくった。しかしその歴史のほんの一時、ファラオの座に就いたアクエンアテンが、すべての民にたいして太陽だけを崇拝することを強制した。アクエンアテンは帝国全体が多くの神ではなく、ひとつの神だけを崇めるようにした。多神教から一神教への転換だ。ラーはアテンとなった。そしてほかの神々を信じることは異端とされ、死をもって償う罪とされた。アクエンアテンという名は、まさに〝アテンの崇拝者〟という意味で、彼の治世は太陽に捧《ささ》げるモニュメント建設に費やされた。すでに埋葬されていたファラオ数人を、元の墓から曙光《しょこう》の届く場所に移すこともした」

「そして……」

「そしてだ、ロブソンくん、すべての作用には等しく反作用がある。アクエンアテンの下命は反発を惹き起こした。古い神々を信仰する者たちが隠れて集まり、陰謀をくわだてた。アクエンアテンは毒を盛られて失明し、その後死んだ」

「それは気の毒に」

「まったくだ。つぎのファラオとなった有名なツタンカーメンは、アクエンアテンがやったすべてを時をかけて反故《ほご》にしていき、信仰の秩序を以前の状態にもどした。かつての神々が復活して、アクエンアテンは異端者のレッテルを貼《は》られ、物事は正常に復した。ところがその二〇〇年後、ヘリホルが独自の船団を組織し、太陽神の旗の下に旅立ったとなると」――教授はロブソンを見あげた――「これは歴史全体が変わるということだし、そもそもなぜヘリホルが財宝を奪ったかについて、異なる解釈が見つかるかもしれない」

クロス教授は一瞬気が遠くなりかけた。この小さな石板からこれほど多くの事実が明かされるのなら、ヘリホルの墓の発見がもたらすものにもつい想像がふくらんでしまうのだ。

「何がちがうんだ？」とロブソンが訊いた。「やつが盗人じゃないとでも言うつもりか？」

「ヘリホルは盗人ではない」と教授はおごそかに言った。「彼は王だ。富に囲まれていた。富に溺《おぼ》れていた。ひとりの人間が所有できる黄金、贅沢品《ぜいたくひん》、美食のすべてを手にしていた。権力、軍隊、家来、妻たちは言うにおよばず。そんな彼をそこらの墓泥棒といっしょくたにするとはあんまりだ。はっきり言って想像力が欠如している」

ロブソンに驚きの表情を認めたものの、教授の話は終わらなかった。「仮にヘリホルがもっと裕福になりたいだけだったら、墓をあばいて黄金をわがものにし、ファラオたちの朽ちた遺体は置き去りにすればいい。強欲で意地汚ければ、ちょっと盗んではそれを溶かして、新しく発見した黄金と掘り出したばかりの宝石だと言い張ることもできる。いいかね、王家の谷に彼を止められる人間などひとりもいなかったんだ」

「そう怒るなって。べつにあんたの兄弟とかの話をしてるわけじゃないんだぜ」

教授は眼鏡を直して先をつづけた。「怒ってやしない。つい熱がこもった。ヘリホルがやったことの根底にあるのが、強欲ではなく宗教的情熱であることを、きみは理解しなくてはならない。彼には富や権力や栄光よりも、祖先の過去を守ることのほうが大切だった。そのために王国を棄《す》てたのだ。そればかりか、己れの理想を実現しようと、命を賭《と》して未知の世界へ旅立った。私としてはむしろ、彼の兄弟と呼ばれるのは名誉なことだ」

ロブソンは参ったとばかりに両手を上げた。「わかった、わかった。もういい。あんたの言うとおりだ。とにかく翻訳を終わらせてくれ。この財宝を手に入れるには、ヘリホルがどこへ行ったか突きとめないとな」

教授は吐息を洩らすと象形文字の解読にもどった。「アテンの信奉者たちには独特のこだわりがある。それはつねに太陽とともに生きること。どんな宗教もそうだが、彼らの究極の願望は神との再会だ。彼らが探す天国とは、太陽神が夜に休息する場所だ」

「そんなとこはないと知ったら、ひどくがっかりするんだろうな」

「たしかに」教授は相づちを打つと、視線を紙にもどして翻訳をつづけた。「彼らは二〇日間太陽を追いかけ、太陽に導かれて海上を進んだ。二一日めに嵐《あらし》に見舞われた。岩だらけの入り江に逃げこもうとして何隻《せき》かが行方知れずになった」そこでいったん言葉を切ってから、「それこそドゥマースが難破船を発見し、エジプトがフランスを植民地にしたと考える根拠にした場所にちがいない」とつづけた。

「やっぱりドゥマースの言ったとおり、財宝はフランスのどこかにあるのか」

「いや。船団はそこに留まらなかった」教授は翻訳を再開した。「船団は〝永遠を守る大岩〟を過ぎた。すべてを超越して。〝安息の王国〟から、アテンの導きに従って探しつづけた」

「どういう意味だ?」

「船団は沈む太陽を追って西へ進みつづけたということだ」

ここで初めて、クロス教授は意味のつかめない象形文字に出会った。これまで一度として見たことのないものだった。その箇所を飛ばしたことはロブソンには言わなかった。「巨大な海の獣が湯気を吹きあげるのが見えた――クジラにちがいない」

「つづけろ」

「漁網……衰弱する者……三度めの満月……風が止まり、漕《こ》ぎ手が疲れ果て……」教授は間を置いた。「航海中の彼らは海から食料を得ていた。じつに賢明だ。ただ、船員の衰弱は壊血病のせいかもしれない。三度めの満月は彼らがすでに八週かそれ以上、海にいることを示唆《しさ》している」

「それと漕ぎ手だが」とロブソンが言った。「ずっと漕ぎつづけてたってことか?」

「ずっとではない。風が止まったから漕ぎ手が疲れたのだ。帆走できるときは帆を上げ、凪《な》いだときには漕いでいた。無風の状態が長引いたのは赤道の無風帯にはいったからだと思う。大西洋上のそのあたりでは何週間も、風がそよとも吹かないことがある。欧州の大きな帆船もしばしば立ち往生した。無風状態が長引くと、どうにか風を起こそうと船から馬を海に投げ捨てることまでした。それでその海域は〝馬の緯度〟

と呼ばれている」

ロブソンが立ちあがった。「待ってくれ、教授。あんたの話では、この連中は大西洋を半分も渡ったことになるぞ」

教授はうなずいた。「彼らがフランスの沖合を西へ向かったことはわかってる。〝永遠を守る大岩〟を――すなわちジブラルタルを過ぎて、そこから来る日も来る日も、何週間にもわたって沈む太陽を追いかけた、それが彼らを南西に向かわせた。ある地点で風がやみ、人力で船を漕いだ。さいわい、彼らの船は後のスペイン船にくらべてはるかに小さく軽かった。だがこれを読むかぎり、彼らは大西洋の中央まで来たとしか考えられない」

ロブソンは嘘《うそ》を見破ろうとするかのように目を細めた。「からかうなよ、教授。洒落《しゃれ》た服着て大口たたいても、あんたの正体はお見通しだ。蛇の道は蛇ってな」

「からかってるんじゃない」教授は言いかえした。「きみを啓蒙している」

教授は紙に目をもどした。三分の二まで終わった読解を再開した。「生贄《いけにえ》を捧げると風がもどってきた。そして四日月の日、陸地に着いた。そこにはナイル川のものと似たワニがいた。ヘリホルはそこを毒の地と断じた。ワニはソベクの僕《しもべ》だからだ」

教授はロブソンが口をはさむまえに解説を入れた。「ソベクとは、ワニの神でアテンの敵だ」そして、今度はわかりやすく言い換えて翻訳をつづけた。「より乾いた土地に上陸すると、ヘリホルは船を燃やすように命じた――まるでコルテスのように」

そこで、またも見たことのない文字に遭遇した。今度はそれを白状した。「ちゃんと印刷がされてないようだ」

「そんなはずない。こいつはデジタルコピーだ」

「だったら、もっとよく調べるほうがいいな。たしかに知らない文字だ。とはいえ、それ自体からわかることもありそうだ」

「というと？」

「すべての言語は時とともに変化する。仮にこれらのヒエログリフが、この分派が新たに生み出したものであり、しかも古代エジプトの文献に記録されてないとすれば、ふたつの派にはその後接触がなかったことになる。それはつまり、ヘリホルの船団がエジプトを発ったきりもどらなかったということだ」

ロブソンは痺《しび》れを切らしていた。「早く要点を言ってくれよ、教授。やつらはどこまで行った？」

クロス教授はさらに読みこんでいった。つぎのセクションには交易をした赤銅《しゃくどう》色の肌の男たちのこと、エジプトにはいなかった動物の――白くなった空が容赦なく落ちてくるころに、その毛皮を衣服として使う大きな獣のこと、初めて口にする食物のことが書かれていた。また喪った者たちのことも。

ここを読むと、このエジプト人たちが北米を旅していたと思わずにいられなかった。アメリカ先住民、バッファローの群れ、白い空から降る雪――彼らはエジプトでは知ることのないものに遭遇していた。

地面が石に変わったというくだりには、霜が思い浮かんだ。彼らは野営しながら偵察をつづけたのだ。動物を狩って交易をおこなった。そのなかで変わらず太陽を追いつづけた。〝アテンの休息の地〟を追い求めた。

子どもが虹《にじ》を追うがごとく、果てなく太陽を求めつづける彼らにたいして、いまや教授は哀れをもよおしていた。それはおそらくこの石板がケスン――つまり雀《すずめ》という、悲しみの生き物によって書かれたからだろう。

はたして彼らの熱狂は悲劇で終わるのか、それとも太平洋を横断してアジア、インドとめぐり、ついには故郷の中東へ帰還することになるのか。マゼランにさかのぼること二五〇〇年、人類初の世界一周が達成された可能性に教授の胸は高鳴った。

そして歓喜の発見の段に差しかかった。彼らがたどり着いたのは赤い岩壁が切り立つ渓谷で、沈む夕陽を抱くような形をした場所だった。天に昇ったアテンが世を照らしていき、大地に降りてくる姿が見えたのだ。そこは知られた世界にはふたつとない、荘厳なる谷として描かれていた。

「幻視のなかで、ヘリホルは休息の地が見つかったと語りかけられた」

これは反乱を回避するための決断であったのか、それともヘリホル自身が病を得て、先に進めなくなったのか。おそらくは〝王家の谷〟を彷彿《ほうふつ》させる土地でありながら、アテンが天に昇る道と通じるということで折り合ったのではないか。いずれ死ぬ運命にある者たちの目には、この上なく天国に近い場所と映ったにちがいない。

「岩を掘り、エジプトのものに匹敵する墓をつくったと最後の文にある。しかし、これらの墓はファラオとその持ち物を墓荒らしの手から守るために、外からは誰にもわからないように造られた」

「おれたちが、その誰かの数にはいらなかったのは残念だが」とロブソンが言った。

「さっさとその場所を言え。二度は訊かないぞ」

「アメリカだ」と教授はつぶやいた。「彼らがアテンの聖所を見つけ、ファラオの財宝を埋めたのはアメリカだ」

ロブソンは疑わしげだった。「たのむよ、教授。そんなのありえないって、おれでもわかる」

「ありえないどころか、完璧《かんぺき》に理にかなっている。彼らは文明を棄て、己れの神を追った狂信者たちだ。彼らを止められるものはなかった――嵐も凪《なぎ》も、長い航海も壊血病も。上陸して快哉《かいさい》を叫ぶでもなく、今度は徒歩で、荷車を牽《ひ》いて財宝を運び、道中で動物を飼い馴らしていった。冬の寒さに耐えて大陸横断の旅をつづけた。思いつきで選んだ土地に留まることはなかった。天国という崇高な場所を探していたからだ」教授は文字に目をもどした。「しかし、独特な色合いをした絶壁と細い川の流れが形づくる、山ほども深い峡谷に行き当たって、その雄大さにとうとうアテンの聖所にたどり着いたと考えるに至った。西に沈む太陽が、その腕に抱かれるところが決定的な証拠となった」

ロブソンは相変わらず怪訝《けげん》な表情を見せていたが、教授には相手が納得しかけていることがわかった。

「どこだと思うかね?」と教授は訊ねた。「ここまであらゆるものを乗り越えてきた彼らの足を止め、勝利を叫ばせるような神の顕現があったのは?」

ロブソンはさんざん思案したすえに言った。「グランド・キャニオン」半ば当てずっぽうだった。「アメリカの」

ケンブリッジで最優秀の学生からその答えを聞いたとしても、教授はそこまで誇らしい気持ちにはならなかっただろう。「そのとおり」と教授は言った。「彼らがエジプトのファラオたちを埋葬したのはグランド・キャニオン――アメリカだ」

43

北海の某所
商船〈チュニジアン・ウインド〉

〈チュニジアン・ウインド〉の特別室にいたソロモン・バーロウに、ロブソンが暗号化された衛星回線で電話をかけてきた。

バーロウはすぐに応答し、設備のととのった船室を歩きまわりながら、エジプトの財宝は船でアメリカに渡ったという教授の説を語るロブソンの声に聞き入った。それはあまりに奇天烈で、にわかには信じられない話だった。「何から何まで馬鹿《ばか》げてる。教授は嘘をついてるんだろう」

「嘘をついてる?」とロブソンは言った。「財宝を発掘したがってるのは、教授も同じだ」

バーロウは教授との長きにわたる関係を思い起こした。情報と現金の単純なやり取りからはじまり、名門大学の学者にしか知り得ない貴重な知識を共有するパートナーシップへと発展していった。クロス教授を籠絡《ろうらく》するのは簡単だった。というか、教授が自ら堕落していったのだ。バーロウの記憶では、消えたファラオとその財宝を探す話を最初に持ち込んできたのも、その手がかりを進んで提供してきたのも教授だった。そのくせ、いまもまっとうな社会の一員として、バーロウたち犯罪者の側につく気はなさそうなのだ。

「われわれの目を欺こうとしてるのかもしれない」とバーロウは言った。「こっちをアメリカに向かわせておいて時間を稼ぎ、その隙にＭＩ５に真実を話して財宝に導く。それを免罪符に、見つけた財宝の研究における第一人者という立場を手に入れるつもりだ」

「それは誤解だ」とロブソンは反論した。「教授も馬鹿じゃない。おれたちを騙《だま》したら命はないってわかってる。それに嘘をつく気なら、こっちが飛びつきそうな場所を言うと思わないか？　エジプト南部とか、中央アフリカとか？　うまい嘘をつくには、まず極力真実に近い話をすることさ。ここまで突拍子もない話をするってことは嘘じゃない」

「やつを信頼してるのか?」とバーロウは訊いた。

「いや」とロブソンは答えた。「でも、むこうの望みはわかってるし、そこに関しては信用できる」

ロブソンの粗野な物腰には神経を逆撫でされることも多いのだが、その育ちの悪さから来る地べたの知恵が役立つこともある。ロブソンは詐欺師やコソ泥たちの世界の人間だった。トリュフの豚といっしょで、出まかせや嘘を嗅《か》ぎ分ける能力はある。

「いいだろう」とバーロウは言った。「とりあえず、おまえの見立てを信用する。だが、アメリカで動くのはヨーロッパや第三世界と勝手がちがう。こっちは不利な立場に立たされる。人が必要になるだろう、このまえの損失があっただけにな」

「ちょっとした兵隊なら、オマール・カイから拝借できる」とロブソンが言った。

カイは以前から付き合いのある傭兵である。バーロウの好みからすると、いささか目立ち過ぎのきらいはあるが、なにしろ雇いやすい。怖いもの知らずでいつも顎《あご》が干上がっている。

「いい人選だ」とバーロウは認めた。「だが、こっちとしては、NUMAを相手にできる人間を見つけたい。とくにカート・オースチンだ。あの男と仲間たちには呼びもしない場所に現われるという厄介な習性がある。やつらは目下、アメリカへの帰国途上だ。何時間かまえには、それもささやかな勝利と思ったが、いまや形勢は逆転だ。オースチンからすれば、むこうの本拠地での勝負ってことになる。今度やつが横やりを入れてくるときには、よけいに面倒なことになるぞ」

「あいつを始末したいってことか」とロブソンは水を向けた。「殺《や》るなら、ひっかきまわされないうちがいい」

オースチンを殺すというのは賢明なやり方だが、暗殺は兵士の任務とは別物で、別種の腕が求められる。ロブソンやオマール・カイには不向きな仕事で、外部に依頼する必要があった。

「考えておく」とバーロウは言った。「その間におまえはアメリカへ行け。クロス教授も同行させろ。きっと必要になる。他人にべらべらしゃべるような真似《まね》はさせるな」

「ご心配なく」とロブソンは言った。「教授はすでにおれの手厚い庇護《ひご》の下にある」

回線を切ったバーロウはその場にたたずんでいたが、やがて行動に移った。金で殺しを請け負う人間は一ダースも思いつくが、アメリカで合衆国政府職員を殺害するとなると数は限られる。

リストアップした候補者をひとりずつ消し、最後にひとつの名前に行き着いた。それをやり遂げる能力と、リスクを冒す覚悟を兼ねそなえているのはその人物だけだった。「〈トイメーカー〉だ」とバーロウはつぶやいた。

スマートフォンの画面をタップして連絡先を探した。〈トイメーカー〉という謎《なぞ》めいた見出しの下に、ダークウェブ専用のeメールアドレスがあった。特殊なソフトウエアがなければアクセスできないダークウェブは、サイバーワールドの犯罪者たちが出会う、いうなれば無法な仮想都市の薄暗い路地裏である。

バーロウは自身の暗号化ソフトを使ってとあるメッセージを送った。匿名《とくめい》のリンクが設定され、〈トイメーカー〉に仕事を依頼する許可があたえられた。依頼が受け入れられたら、ターゲットに関する詳細な情報を渡して金を振り込むことになる。前金として半額を支払い、残りは任務完了の知らせを待って送金する。理屈上は、〈トイメーカー〉は残金を受け取れないリスクもある。だが裏社会の取引きで報酬を受けそこなった経験が皆無という者がいるとすれば、それは人殺しで罪を受けたことがないこの匿名の殺し屋をおいてほかにない。

バーロウはメッセージを打った。簡単な問い合わせだった。〈送信〉を押した。

一時間と待たずに返信が来た。

〈トイメーカー〉は興味を示した。

44

ワシントンDC、NUMA本部

長いフライトののち、自宅のベッドで数時間休んだオースチンは午前四時に目を覚ました。ヨーロッパ時間に馴れきった身体には、東海岸にいても真昼に感じられた。目覚めればベッドでぐずぐずすることもなく、オースチンは起きてシャワーを浴びると、車でNUMAの本部に向かった。ポトマック川を見おろす、ガラスと鋼《はがね》の近代的なビルである。

カードキーを使って地下駐車場にはいり、安全が確保されたエレベーターで七階へ上がった。すこし歩くとそこが彼のオフィスで、デスクは研究論文や調査報告書、提案書で埋めつくされていた。

樹木数本分にあたる書類が溜まって、未決の箱に積まれた紙は一フィートに達していた。「休暇を取った報いだな」

残務処理に取りかかる気分になれず、明かりを消してドアをしめると、階段を昇ってハイアラム・イェーガーのコンピュータがあるフロアへ行った。

早い時間だったが、イェーガーがオフィスにいることに驚きはなかった。NUMAが擁するコンピュータの天才は、疑問や要望を持ち込んでくる者がいない早朝を好んで仕事をしている。

イェーガーはコンソールの前で、込み入った指示のコーディングをおこなっていた。彼を取り囲む三台の大型スクリーンには数字と記号がぎっしり並んでいた。オースチンにはデジタルの落書きにしか見えなかったが。

イェーガーを驚かせないように、静かにノックして来訪を告げた。「世界は仮想現実のシミュレーションなのか、きみなら教えてくれるだろう?」

イェーガーは椅子を回して背を反らした。「そんなこと、ぼくにわかるわけがないじゃないか。消息を絶った飛行機も見つけられなかったのに」

オースチンはイェーガーのデスクに歩み寄ると、引いた椅子を回して後ろ前に座った。そして背もたれに身を預けて語りかけた。「恥じる必要はないさ。あの飛行機は九〇年まえに大西洋に墜ちたって、世界が思いこんでたんだ」

「だとしてもさ。世界のほうが間違ってるってことを発見するのがぼくらの仕事なんだし。だから、こうやってこの新しいプログラムに取り組んでるんだ。わがコンピュータには、じつは非論理的な論理の飛躍ができるようになってもらわないとね。きみが思う以上に面倒な仕事だよ」

「ジョーに手伝わせるといい。あいつは非論理的思考の達人だ」

イエーガーはうなずいた。「そうかもね。あれがメルバーンの飛行機だって気づいたのも彼だし。いまもあれがファラオの財宝に結びつくって考えてる？」

「一概には言えないが。ジェイク・メルバーンについて、きみとマックスで何かわかることはないか？」

マックスはイエーガーが一からつくりあげたスーパーコンピュータである。最新の進歩を取り入れるべく、イエーガーが継続的にアップデートしていく独自の設計で、最速のプロセッサと最新のコンピュータチップが搭載され、きわめて複雑なプログラミングがなされている。設計と製作はＮＵＭＡの巨額な技術予算をもとに、イエーガーが組織内でおこなった。

手塩にかけたマックスだけに、イエーガーは格別の愛着を寄せている。マックスと名づけながら、女性の人格と自分の妻とよく似た声を——ときにはホログラフィによる肉体を――あたえていた。

イェーガーは椅子の背にもたれて顎を天井に向けた。「マックス、著名なパイロットのジェイク・メルバーンに関する基本情報を概説して」

「お待ちください」隠れたスピーカーからなまめかしい声が返ってきた。「それから、カートに無料の飲み物をすすめてください。肌の温度に軽い脱水症状が見られます」

オースチンは上を見た。「ありがとう、マックス、でも大丈夫だ」

マックスは聞き入れなかった。「脱水は無気力、非効率的思考、短気の原因になります。機能を最適に使いたければ、たっぷり一リットルの水を飲んで体内バランスを取りもどすことを提案します」

オースチンは眉《まゆ》をひそめてイェーガーに向きなおった。「マックスはいつから医者に?」

イェーガーが答えようとすると、マックスが割りこんできた。「わたしのデータバンクには西洋医学のあらゆる知識が蓄積されています。人間の目よりすぐれた光学センサーと赤外線センサーを用いて、一秒間に四七億ビットの情報処理速度で相互参照による診断をくだす能力があります。どんな合理的な基準と照らしても、人間の医師よりはるかにすぐれています」

「患者にたいする接し方以外はね」とイェーガーがからかった。

オースチンは笑った。「だとしたら、軽い脱水だけでよかった」

診察は終わっていなかった。「膝《ひざ》か足首を負傷しているのか、右脚をかばっているようです。さらに、身体のあちこちに打撲や炎症を示唆する表面温度の上昇が見られます。もっと自分を大切にすることを学ぶべきです、カート」

「一回、足を踏みはずしてね」とオースチンは答えた。

「一回ではないようです」

「すまないね」とイェーガーが言った。「マックスのカメラに生体認証用のセンサーをインストールしたんだ。セキュリティの目的で使わせるつもりだったけど、マックスは独自の用途で使いはじめてる」

弁明を終えると、イェーガーは小さな冷蔵庫をあけて精製水のボトルを二本取り出した。一本をオースチンに渡して一本をデスクに置いた。「とにかく飲んで。そうしないと、マックスがやめてくれないから」

オースチンは笑って水のボトルを掲げた。「きみの健康に。いや、こっちの健康かな」

マックスは心底うれしそうだった。「ありがとう、カート。ジェイク・メルバーンについて報告します」

「よろしく」

「ジェイク・メルバーン。パイロット。一九〇一年三月五日、ケンタッキー州ルイヴィル生まれ。十五歳までに飛行機の操縦を覚え、十六歳で家を出ると、年齢を詐称して陸軍に入隊。一九一七年、アメリカがイギリス、フランス側について第一次世界大戦に参戦するとヨーロッパへ派遣。

訓練を積んだパイロットとして、すぐに陸軍航空隊に転属。ヨーロッパではふたつの中隊に所属して、配属から三週間でドイツ機を七機撃墜。これによって第一次大戦中、最年少の撃墜王《エース》となる。そして一九人を殺し、二度の撃墜から生還した武勲を讃《たた》えられました」

マックスが語るあいだ、オースチンとイェーガーの前のスクリーンに、中隊の一員として撮影されたメルバーンの写真が映し出された。実年齢より上に見える風貌のおかげで、咎《とが》められることなく入隊できたのだろう。終戦時には、ブロンドの髪がたてがみのように伸びていた。エースのメルバーンは刈り上げを免除されたのかもしれない。

マックスの報告はつづいた。「停戦後、メルバーンは帰国して曲芸飛行師になりました。全国を旅してショーで飛行を披露《ひろう》するうち、ハリウッドの名士たちと短い交友を持ちます。二〇年代前半に三本の映画に出演し、飛行スタントを計七回おこないました。著名な映画監督の妻といっしょのところを写真に撮られ、映画の仕事から手を引いてロサンジェルスを去りました」

マックスはそこで話を止めた。息を継ぐためではなく、人間に情報を吸収する時間をあたえるためだった。ふたたび話しだすと、スクリーンに新たな写真が現われた。それは年齢を重ねてふくよかになった同一人物の写真で、赤の革ジャケットを着てダチョウ革のブーツを履いていた。

「カリフォルニアを離れたあと、ジェイク・メルバーンは世界で曲芸を披露するようになり、ヨーロッパと南アメリカで飛行をおこないました。そうして悪評を重ねていきます。具体的には飲酒、賭博《とばく》、女性問題で知られるようになりました。一九二六年、メルバーンはオルティーグ賞の獲得を宣言し、東海岸の飛行機メーカーの協力を得てコンテスト用の特別な飛行機を設計、製造すると、自身のペルソナにちなんで〈ゴールデン・ラム〉と名づけました。何度かのテストで飛行に耐えることを実証したのち、メルバーンはチャレンジに臨みます。

一九二七年五月一二日、ニューヨークのルーズヴェルト飛行場を離陸。ロングアイランドを越えて大西洋上を北東に飛行するのが、最後に確認された機影です。その後は目撃されていません」

「どうやら、こっちの発見はまだアップロードされてないらしい」とオースチンは言った。「メルバーンの飛行機は発見されたよ。ぼくらの手で」

「発見については承知しています」とマックスは言った。「偉業です。わたしはいま、これまでの歴史上の記録を順にたどっています」

「つづけて」とイェーガーが言った。

「消息を絶ったのち、数週間にわたって国際的な捜索がおこなわれましたが、機体の残骸は見つかりませんでした。メルバーンと彼の飛行機は海中に没したと発表されました。その数週間後、メルバーンの死体がブルックリンの氷室で見つかると議論が湧《わ》き起こりました。低温で組織が保存され、死後の経過時間が判然としなかったことが、かねてからの悪評と相まって、メルバーンはインチキをして賞を獲ろうと画策したのではないか、あるいは保険金目当てで飛行機を不時着させ、死を偽装したのではないかと憶測を呼びました。このふたつめの疑惑に関しては、未知の共謀者が利益を独占しようとメルバーンを殺害したという説もささやかれました」

マックスはそこで言葉を切って質問を待った。

「そこに何らかの事実はある？」とイェーガーが訊いた。

「保険金詐欺を示唆する証拠は、殺人の動機とは考えにくいものでした」とマックスは応えた。「〈ニューヨーク相互保険〉から一万ドルが支払われましたが、大半は債権者によって分配されました。二〇〇ドル以上を受け取った個人はいません」

「二〇〇ドルのために死を偽装する意味はないな」とオースチンは言った。「たとえ当時の額でも」

「まして、パリに着けば二万五〇〇〇ドルが手にはいるんだからね」とイェーガーが付け足した。「それに生涯にわたる名声でひと儲《もう》けできるんだし。ほかに容疑者はいないの？」

「メルバーンには複数の敵がいました」とマックスは言った。「そのひとりがニューイングランド社交界の名士で、メルバーンが関係を持っていた女性の夫です。そのうえ、メルバーンはニューヨークのアイルランド系シンジケートに、賭博で相当な借金を負っていました。しかも飛行の前週には、その組織の重要メンバーのバグズ・キャラハンという男と公けの場で写真に写っています」

　マックスは当時の装いの男性ふたりが、酒場の外のテーブルで昼食を取っている写真を提示した。ふたりは笑顔だった。

「かなり親しそうだね」とイェーガーが言った。

オースチンも同意した。「それ以上に引っかかるのは、死んだ男に借金は返せないってことさ。たとえ金を借りていても、シンジケートにしたら、メルバーンは死ぬより生きてるほうが価値は大きかった。ほかには？」

「公的な記録にも、推測の域を出ない記録にも、その他の被疑者の名前はありません」

「そろそろ〝非論理的論理プログラム〟を作動させようか」とオースチンは言った。

「やめてください」とマックスが返した。

「飛行機が二機あったら？」とイェーガーが口にした。「一機をアメリカに残し、もう一機は船でヨーロッパに運ぶ。メルバーンはアメリカで離陸し、どこかにその飛行機を隠して、翌日――頃合いを見計らって――第二の飛行機でスペインから飛んでパリに着陸する。賞金を手に入れて、有名になった飛行機をスミソニアン博物館に売って、あとは製品の宣伝や卒業式のスピーチで稼いですごせば、飛行機に乗る危険を冒す必要もなくなる」

「それは無理筋だな」とオースチンは言った。「一九二七年には、パリへの着陸に間に合うように、メルバーンをニューヨークからヨーロッパに移動させる方法はなかった。それに、この賞をめぐるプレスの熱狂ぶりを考えれば、そのトリックがバレずにすむとも思えない。リンドバーグは着陸したとたん、写真攻めに遭った。フランスの要人の間をたらい回しにされ、ニュース映画に引っぱりだこだった。メルバーンも同じ扱いを受けたはずだ。一卵性双生児でもなけりゃ、そんな離れ業はできない」

　イェーガーが眉を吊《つ》りあげた。「マックス、メルバーンに双子の兄弟はいる？」

「八歳年下の妹がひとりいるだけです」とマックスは報告した。「彼の代わりが務まる双子の兄弟、または年齢の近い親族の存在は、医学的にも歴史的にも記録がありません」

「メルバーンがすでにヨーロッパにいたとしたら？」とオースチンは持ちかけた。「大西洋のこっち側にいたのが替え玉だったら？　着陸より離陸のほうがごまかしやすい」

「その場合、死体はブルックリンの氷の上ではなく、スペインで見つかるはずだよ」とイェーガーは言った。

「なるほど」とオースチンが答えた。「もしかして脱水状態かもしれない。そっちも気にしないとな」

　オースチンが水を飲んでいると、マックスがこの飛行に関する別の情報を提供した。

「オルティーグ賞に挑む飛行機には、密閉式バログラフの搭載が義務づけられていました。隠れた離着陸や飛行の中断がおこなわれないように、飛行中の大気圧と高度を記録する装置です。バログラフには飛行の継続時間も記録されました。使用されたのは改竄《かいざん》防止のため、すべて全米飛行家協会とフランスの飛行クラブによって認証されたものです。この予防策により、いまお話があった不正行為は排除されます」

「すっかり迷子だ」とイェーガーがこぼした。

「間違ったパイロットにこだわってるからさ」とオースチンは言った。「ぼくの失策だ。ここに来たのはジェイク・メルバーンについて訊くためだが、彼は無関係だ」

オースチンの直観の非凡さはイェーガーもわきまえている。そこで反論はせず、背中を押すことにした。「きみの意見は？」

オースチンは後ろ向きの椅子に腰かけたまま、背筋を伸ばした。「この九〇年間、誰もがメルバーンは不正を目論《もくろ》み、あるいは怖気《おじけ》づいて飛行機を乗り捨てたんだと考えてきた。だが彼の飛行機はパリには着かなかったとはいえ、みごとヨーロッパまで飛んでいたことがわかった。しかもスペインで墜落して、死んだパイロットが身元不明者として埋葬されたこともわかってる。もしメルバーンが詐欺を働くつもりならヨーロッパにいたはずだ。保険金目的なら、飛行機は大西洋の底に沈めるはずだ。飛行機がメルバーンを乗せずに海を渡ったという事実は、首謀者がメルバーン以外にいることを意味する。しかも飛行の目的はオルティーグ賞なんかじゃなかったってことさ。墜落時に操縦していた者の正体を突きとめようして、ぼくらはメルバーンに気を取られていた」

「飛行機に乗った人物がメルバーンを殺し、操縦席に座ったというわけだね」とイェーガーは言った。

「それで辻褄《つじつま》が合う」とオースチンは答えた。「どうだろう、マックス？　墜ちた飛行機を操縦していた人物を特定する方法はないか？」

「調べています」マックスはそう言ってつづけた。「飛行当日、自機に乗りこむジェイク・メルバーンの証拠写真には、本人より二、三インチ背が低い人物が写っています」

「よし」とイェーガーが言った。「一九二七年に生存していた身長五フィート九インチ以下の男に絞られた」

「間違っています」とマックスが言った。「写真だけで女性を除外することはできません」

オースチンは、イェーガーとマックスの間で交わされる軽口の応酬によく笑わされていた。マックスの性格を、イェーガーは自分の妻に近づけすぎたんじゃないかと思うこともある。「サン・セバスティアンの教会の記録によると、埋葬されたのは若い男性だ」とオースチンは言った。「しかし男にしろ女にしろ、一九二七年にあの飛行機に乗ったのは間違いなくパイロットだ。メルバーンの飛行機が失踪《しっそう》したころに行方知れずになったパイロットの記録を調べられないか？」

「お待ちください」マックスはものの数秒で政府の多方面のデータベースにアクセスし、別のソースにある情報との相互参照をおこなった。「連邦政府の認可を受けたパイロットのなかに、〈ゴールデン・ラム〉が消息を絶った時期の二カ月間に行方不明とされた者はいません。墜落で八名が死亡していますが、遺体はすべて回収され、身元が確認されています」

「メルバーンと関わりがありそうな人物はどうだろう？」

ふたたびわずかな間を置き、今度は気になる答えが返ってきた。「ジェイク・メルバーンと関わりがあった者で、その時期に失踪した人間がひとりだけいます。ステファノ・コルドヴァ。フリーランスの整備士で、メルバーンの飛行のまえにルーズヴェルト飛行場で働いていました」

「あとではなく、まえに？」

「そうです」とマックスは言った。「メルバーンの飛行機が出発した八日後に、コルドヴァの婚約者が失踪届を出しています。報告書によると、彼女は一週間以上コルドヴァに会っていなかった。結局見つかりませんでした」

イェーガーに見つめられて、オースチンはうなずいた。手がかりをつかんだのだ。

マックスがしゃべりだした。「皮膚の温度上昇をみると、どうやら重要な事柄とお考えのようです」

「ぼくの体温観察はやめてくれ」とオースチンは言った。「それとそう、これはまぎれもなく重要だ。コルドヴァとメルバーンの関係を教えてくれ」

「コルドヴァはメルバーンの航空機に関わる仕事仲間であることがわかっています。失踪届には、ふたりは親しい友人同士で、メルバーンの飛行機が消息を絶ったことに責任を感じて自殺したのではないか、という婚約者の話があります」

「写真の、メルバーンになりすましているパイロットがコルドヴァである可能性は？」

「はっきりしません」とマックスは言った。「失踪届によると、コルドヴァの身長は五フィート七インチです。それが不鮮明な写真の人物の身長と一致する確率は七〇パーセントです」

「そこにダチョウ革のブーツをくわえたら的中だ」とイェーガーが言った。

「有効な仮説です」

オースチンはイェーガーに向きなおった。「MI5にある整備士の日誌のページを見られるのか？」

「eメールでコピーを送ってきてるんだけど。なぜ？」

「マックス」オースチンは言った。「日誌の最初のほうにある整備士の筆跡と、最後の数ページにある手書きの文字を比較してみてくれ」

マックスは期待を裏切らなかった。「くりかえし表れる特徴に基づいて、双方の文字の書き手が同一人物である可能性は九六パーセントです。この筆跡はステファノ・コルドヴァのものとされる筆跡サンプルとも一致します。一九二六年一二月一日に、本人がナッソー郡庁舎に提出した結婚許可申請書のものです」

イェーガーが顔を輝かせた。「さあ、きみのその強力な頭脳で、飛行機の整備士がメルバーンを殺し、パイロットの代役を務めた理由を話してくれよ」

「情報が不足しています」とマックスが言った。「わたしは優秀ですが、何もないところから答えを導き出すことはできません」

「推測はできるだろう？」

「もっとも論理的な関連はステファノ・コルドヴァの家族でしょう」とマックスは答えた。「コルドヴァは、盗まれた絵画や彫像、歴史的遺物の密輸業者として知られるカルロ・グランツィーニの甥《おい》です」

「これはみごとな推理だ」とオースチンは言った。「NUMAを引退することになったら──しかも医者になる気がなければ──FBIで働くことを勧めるよ」

「お褒《ほ》めの言葉と受け取ります」

「もちろんさ。グランツィーニ・ファミリーと密輸活動について、ほかには何か？」

「飛行がおこなわれた当時、グランツィーニ・ファミリーはJ・エドガー・フーヴァーと捜査局に追われていました」

「何の罪？」とイェーガーが訊ねた。

「不明です。グランツィーニ・ファミリーの活動にたいするFBIの捜査記録はすべて、一九一三年に成立した国家遺産保護および国際安定法の下、機密扱いになっています。NUMAのクリアランスレベルでは、その法令によって秘匿《ひとく》されているデータにアクセスできません」

イェーガーは黙りこんだ。オースチンはマックスが冗談を言っているのかと疑った。このコンピュータの特性からして、そうとは思えない。だがマックスは沈黙していた。

「いったい何なんだ、その〝国家遺産なんとか法〟というのは？」

「国家遺産保護および国際安定法は、一九一三年に連邦議会で可決され、同じ年にウッドロウ・ウィルソン大統領が署名をしました。この法によって、アメリカの遺産保護と世界の安定にとって重要な資料を大統領が指定できるようになりました。大統領には、議会や法廷に縛られることなく、その資料とそれに関わるすべての情報を国家機密とする権限があたえられています。機密保持の期間は五〇年から一〇〇年とされているものの、上限は定められていません。大統領には期限を決めることなく、資料や秘密を保護する権限があることを明確に認める法令です」

「永遠にってこと？」とイェーガーが訊いた。

「わたしの解釈ではそうなります」とマックスは答えた。

オースチンは成人してからの歳月、ほぼずっと政府機関で働いてきた。彼もイェーガーも最高機密の取り扱いを許され、一般市民には知りようのない情報を得てきたが、その法令のことも、永遠に機密扱いとされる資料についても耳にしたことはなかった。

「なんだかこれって、月面着陸は捏造《ねつぞう》だって話みたいだね」

「真実を掘り起こすのに、もうひと仕事することになりそうだ」とオースチンは言った。

イェーガーは目を細めた。「プランはある？」

「その第一歩さ」オースチンは立ちあがって伸びをした。大統領に機密を指定する権限があるなら、副大統領にはそれ解除する権限があるはずだ。少なくとも何が、なぜ隠されたのかはわかるだろう。

「詳しく話す気はないんだね？」

オースチンは首を振った。「協力に感謝するよ。それと水にもだ。注意力が増して頭が冴《さ》えてきた」

「どこへ行く？」とイェーガーが訊いた。

「家に帰って昼寝だ。けさは早起きしすぎた。そのあとパーティに出かけるから、せいぜいめかしこまないとな」

45

イングランド、ケンブリッジ

モーガン・マニングは最悪の事態を予期しながら、イースト・ケンブリッジのコテージ風の家屋に車を寄せた。現場にはすでに数台のパトロールカーが到着しており、点滅する青い光が近隣を照らしつづけていた。

蛍光色のウインドブレイカーを着た制服警官が、近づこうとするモーガンを制止した。「すみませんが、ここは事件現場です。お帰りください」

モーガンは身分証を見せた。「五部の者よ。何があったの？」

「侵入と暴行です、見たかぎりでは」

「なかに人は？」

「いません。ただ、こう言ってはなんですが、ひどい乱闘だったようです」

モーガンは車を駐めて外に出た。「周辺地区の捜索をはじめさせて。交通監視カメラの画像をすべて手に入れなさい。誰の仕業か知りたいの」

モーガンは屋内の被害状況を確かめた。居間はめちゃくちゃにされていた。家具は倒されて引き裂かれ、棚の本や装飾品が払い落とされ床に散乱していた。

寝室と書斎も同様だった。キッチンにはカウンターから床にかけて血痕《けっこん》があった。落ちていたナイフにも血が付着しており、クリケットのバットが硬いものを叩いたようにに真っぷたつに折れていた。

クロス教授が果敢に闘ったように見えなくもない。教授の姿がなく死体もないという事実が、希望とともに不吉な予感を抱かせた。

バーロウの一味がつぎに立ち回る先がわかれば、教授を救える希望も見える。が、教授の助力もなく、手がかりとなる〝ケスンの碑文〟もないとなれば先行きは暗い。どこへ行けばいいのか、皆目見当がつかないのだ。

モーガンはクリケットのバットを見つめた。「難しい状況《スティッキー・ウィケット》ね」とつぶやいた。「まさに」

彼女は車にもどり、ペンブローク‐スマイズ大佐に電話で悪い報告を伝えた。つぎは長距離電話で、アメリカのカート・オースチンに短い伝言を残した。「クロス教授が拉致《らち》された。自宅が荒らされて。あなたのほうが先に進んでいることを願ってる」

46

ワシントンDC、オブザーバトリー・サークル一番地

オースチンは大仰な出立《いでた》ちで、海軍天文台の敷地内にある邸宅のゲートへ歩を進めていった。きっちり仕立てられたタキシードにパテントレザーの靴、黒のボウタイ、フレンチカフスのシャツは鎧《よろい》さながらに糊《のり》づけされ、カフリンクとそれにマッチしたスタッドには、海底から掘り出されたコバルトが使われている。

緑色の鎧戸がある白塗りの邸宅にたどり着く手前で、守衛所のシークレットサービスに身分証を提示した。金属探知機によるボディチェックがすむと傾斜のあるポーチを登り、職員の許可を得て邸内にはいった。

「ベランダにいらっしゃいます」と女性職員が言った。「そちらでお会いするとのことです」

正規のレセプションホールと優雅な設えのリビングルームを通り、ガーデンルームから建物裏手のポーチに出た。

オブザーバトリー・サークル一番地は、アメリカ合衆国副大統領の公邸である。家族や来客を想定して設計された建物だが、この数年、ここにフルタイムで入居する住人は独身主義者だった。

その独身主義者が、裏庭に面したデッキで高級葉巻をふかしていた。

「副大統領」とアシスタントが声をかけた。「お客様です」

ジェームズ・サンデッカーの身長は五フィート六インチそこそこしかない。だが上背がないにもかかわらず、会った者すべての目を惹きつける。がっしりした体軀《たいく》、精悍《せいかん》な顔立ちに明るい赤毛の持ち主で、顎にたくわえた一分の隙もないヴァン・ダイクひげが名刺代わりだった。

NUMAを現在の組織に育てあげたのは、副大統領に任命される以前のサンデッカーなのである。NUMAのアイディアの根幹にあるのは、サンデッカーの海への愛であり、組織の活動にたいして、彼はいまも格別の関心を寄せている。

サンデッカーはアシスタントにひとつうなずくと、オースチンに訝《いぶか》しげな視線を向けた。「潜水夫にしては、いささか大仰な格好だな」

オースチンは狼《おおかみ》のように破顔した。「提督のフォーマルは白とばかり思ってました」

「そうしたいのはやまやまだが」サンデッカーは認めた。「それはともかく、きみのペンギン風の衣装がどうも気になる。タキシードに何か理由があるのか？」

「資金集めには助手が必要かと思ったので。すでにパーティにお連れするお相手がいらっしゃるなら別ですが」

活発な社交活動をおこなうサンデッカーには、ワシントンの社交界から高い需要があった。副大統領となって監視の目や言動の制約が厳しくなると、私生活はかなり煩《はん》雑《ざつ》なものになったが、持ち前の才覚でそれらをかわす手立てを見出している。

「資金集めのルール、その一」とサンデッカーは言った。「その手の集いにけっして女性を同伴しないこと。相手を涙が出るほど退屈させるばかりか、ほかの女性の妬《ねた》みを買う」

オースチンは指でこめかみを叩いた。「心得ておきます、何かの間違いで政治家になったときのために」

サンデッカーは葉巻を口にもどし、裏庭に向かって紫煙を吐き出した。「今夜、私に助手が必要になると考えた根拠は何だね？　きみに招待状を送った憶えはないが」

オースチンはその質問を想定して、答えを用意していた。「NUMAに来たばかりのころ、私は提督が退屈な宴会から抜け出すのを手伝いました。各政府機関の長が、翌年の予算獲得のために、上下院の議員に夜通しゴマをするような会でした。そのときあなたは、おまえの将来はこれをいかにうまくやるかにかかってるとおっしゃった」

「そうだ。さいわい、きみは私を失望させなかった」

「それは何よりです。で、思うに、ゴマをすられて喜ぶ議員以上に性質《たち》が悪いのは、一ドルを出すまえから相手をしゃぶりつくそうというロビイストや援助者です。連中のせいで、今夜の催しはいよいよ拷問《ごうもん》さながらになりますよ」

要点をずばり突く率直な物言いを好むサンデッカーだが、政治家になってこのかた、そういったものが不足気味だっただけに、オースチンの判断を心地よく聞いた。「きみは間違っていない」とサンデッカーは認めた。「しかし、いまの私は副大統領だ。逃げようと思えば、国の非常事態でも偽装できる」

オースチンはカフスをいじりながら「そうですね」と相づちを打った。「しかし、いきなりというわけにもいかない。もし同行させていただけたら、私から暇つぶしになる話をお聞かせします。きっとお気に召しますよ。消えたエジプトの財宝にはじまり、リンドバーグより一週間ほど先んじて大西洋の単独横断飛行を達成しながら、歴史から忘れられた飛行士の話につながる」

「中盤の仕掛けは？」

「イギリスの美人エージェントと、この何週間か私の人生を困難なものにして、事あるごとに陰謀を仕掛けてくる武器商人の一団ですね」

オースチンはサンデッカーの目が輝くのを見逃さなかった。副大統領は一瞬、葉巻をくわえたまま、ふかすのも忘れていた。

「もしくは、提督を特定利益集団の手に委ねて、来週、その梗概をお送りすることもできますが」

サンデッカーは静かな夜気に向けて煙の雲を吹きあげた。煙は完璧な輪をつくって消えた。「まあ焦るな。きみを同行させることに支障はない。イアフォンを付けて、シークレットサービスの一員になりすましてもらおう。今夜、誰かに撃たれないともかぎらないしな。しかし、まずは目的を知りたい。何を探してる？」

「私が何かを探してるとお思いですか？」

サンデッカーは慎重な手つきで葉巻を灰皿に置くと、揉《も》み消さず、自然に火が消えるままにした。

「カート」サンデッカーは訳を知った父親のように呼びかけた。「ワシントンで生き残っていく気なら、もっとうまい嘘をつかなくてはだめだ。今夜はきみの勉強にもなるぞ。嘘八百の上級クラスを受け持つような連中も来るからな」

公式な招待を受けたオースチンは、よろしくとばかりに頭を下げた。

ふたりは玄関からポルチコの下に出た。NUMAの長官職にあったころ、サンデッカーは運転手付きリムジンでの移動を、あたかも終末の予兆のごとく拒んでいた。が、副大統領ともなると、その独立性を貫くのは簡単ではなくなる。公的な行事には、公的な移動手段の使用が求められる。厳密にいえば今回は私的な行事だが、警護を担当するエージェントは警護対象に負けず劣らず頑《かたく》なだった。

「モーリス」サンデッカーはシークレットサービスのリーダーに声をかけた。「今夜はきみらの任務は必要なさそうだ」

「資金集めはキャンセルですか?」

「いや。ここにいるカートに近接警護をさせる」

モーリスは動じなかった。「申し訳ありません、副大統領。ミスター・オースチンには失礼ながら、単独での外出は許可いたしかねます」

サンデッカーは不満の呻《うめ》きを洩らした。「権力を握るとは、しょせんこの程度か。

きみが馘《くび》にならずにすむ最小限の態勢は？」

「運転手と私の同行です」

「いいだろう。行こう」

　モーリスが副大統領専用車を呼ぶと、黒塗りの大型セダンが公邸前に着いた。外見は正規のエンブレムを付けたキャディラックにすぎないが、その中身は特別仕様の装甲車輛《しゃりょう》だった。トラックのシャーシを用いて総重量が二万ポンド近くあり、厚さ五インチの防弾ガラス、何層もの鋼鉄、セラミックの被覆とケヴラーで護られている。

　オースチンとサンデッカーが後部座席に、モーリスが運転手の隣りに乗りこむと、装甲車は動きはじめた。

「快適か？」オースチンの向かいに座ったサンデッカーが言った。

「路線バスよりはましかな。飲み物をいただいてかまいませんか？　マックスに脱水を指摘されてしまって」オースチンは小さな冷蔵庫に手を伸ばした。

「その冷蔵庫はきみの役には立たん」とサンデッカーが警告した。

　オースチンはすでに扉をあけていた。なかには冷たい飲み物ではなく、赤い液体がはいった透明な袋がぶら下がっていた。袋に貼られたラベルには細かい文字が並んでいるが、SANDECKER の名前は目立った。「最後にお会いしてから吸血鬼になられたのか、それとも——」

「そいつは私の血だよ」とサンデッカーは言った。

「いくらか安心しましたが」

「二カ月にいっぺん、たんまり抜かれる。就任直後からな。何かが起きて、病院に向かう途中で輸血が必要になった場合に備えて、どこへ行くにもいっしょだ」

オースチンは冷蔵庫を閉じ、そこで初めて〈医療用〉の張り紙に気づいた。「なるほど」

「まえはトランクで保管していたんだが、自爆テロ犯が追突してきたり、携帯式ロケット弾《RPG》が後ろに命中したら意味もないって指摘してやった」

オースチンがシートにもたれると、サンデッカーが別の冷蔵庫から水のボトルを取り出した。そこにも副大統領のシールが貼られていた。「ボトルはコレクターズ・アイテムとして持っとくといい。いつか一〇セントの価値がつくかもしれんぞ」

キャップをねじるオースチンを尻目《しりめ》に、サンデッカーは別のコンパートメントを開き、保湿箱《ヒュミドール》から太い葉巻を抜き出した。「こいつは自分で取り付けた。血液銀行よりはるかに大事だ」

オースチンは笑うしかなかった。

「さて」サンデッカーはそう言って葉巻に火をつけた。「話を聞かせてくれ」

オースチンはサンデッカーに質問させたり、勿体《もったい》をつけて好奇心を刺激したりと、会話を通して詳細を伝えていった。車が資金集めの会場に到着すると、オースチンは最後に釣り針を投げた。かつて〝ケスンの碑文〟がアメリカの土壌にあったこと、その石板を海外に密輸した人物に関する記録が、アクセスできないファイルに隠されていることを説明した。

サンデッカーはシートに座ったまま、〈ポトマック・クラブ〉の外の人だかりを眺めていたが、葉巻を一服すると重大な決定を下した。彼はインターコムのボタンを押してモーリスに命じた。「予定変更だ。J・エドガー・フーヴァー・ビルに向かってくれ」

「いまからですか、副大統領？」

「そうだ」とサンデッカーは応えた。「いまからだ」

「しかし、もう一〇時になりますが」

「ＦＢＩだ」とサンデッカーは言った。「夜だからと店じまいはしないぞ」

47

ワシントンDC、J・エドガー・フーヴァー・ビル

ペンシルヴェニア・アヴェニューにあるJ・エドガー・フーヴァー・ビルの正面は、コンクリートブロックと奥に引っこんだ四角い嵌《は》め込み窓で構成されている。ブルータリズムとして知られるこの建築様式は、類似のデザインが多くの政府機関に用いられているが、権力欲の塊《かたまり》であったかつてのFBI長官の名を冠したこの建物にこそ似つかわしい。

すっかり明るい陽射しの下でも、FBI本部は威圧的なたたずまいを見せる。夜には要塞《ようさい》の趣きをたたえる。

内装はまぎれもない官給品とはいえ、いくぶん温かみがあった。味気ない家具に頑丈な鋼製の扉、さらに細長いデスクでは現職の副大統領でさえ身分を検《あらた》められる。

そのデスクの担当官は管理経験も浅く、夜勤に置かれることが多いトロッターという若者だった。トロッターはこの状況に当惑していた。夜中に捜査官が姿を見せたり、夜陰に乗じて容疑者や目撃者が連れてこられることはこれまでもあったし、ときにはエルヴィス・プレスリーとかサンタクロースが拘束されているからと、無理やり押し入ろうとするイカれた連中にからまれたこともある。だが、現職の副大統領が時間外にふらりと立ち寄るなどというのは前代未聞だった。

「なんと申しあげたらいいのか、副大統領」とトロッターは言った。「長官も副長官もすでに帰宅しております。それらのファイルについては、明朝にいずれかが検討さしあげるということでいかがでしょうか」

「その必要はない」とサンデッカーは言った。「用件があるのは今夜だ。記録官がひとりいればよろしい」

オースチンも助言を付け足した。「われわれに必要なのは、古いファイルや記録にアクセスできる職員です」

「あなたは？」

「カート・オースチン、NUMAの特別任務部門の責任者です」

「あの、海中を調べる？」

「それです」

サンデッカーが会話を引き取った。「時間の無駄だな。あれこれ心配するまえに、こちらは一九〇〇年代前半のファイルを見るだけでけっこうだ。政治のことでも、現存する人物に関するものでもない。単なる歴史的な情報に、私の権限でアクセスさせてもらおう」

トロッターは両手を擦《す》りあわせて息を吐いた。この一〇年、FBIはなにかと政治的な事柄に巻き込まれてきたが、一九〇〇年代前半の資料が蜂《はち》の巣をつつく騒ぎになるとは思えなかった。しかも副大統領の要望なのだ。「ミズ・カーティスが適任でしょう。運よく、まだ局内におります」

トロッターは来客用バッジを二個出し、その一個を不思議な心持ちで副大統領に渡した。こうしてふたりは入館を認められた。

「いまの〝運よく〟という言い方は妙な感じだな」とサンデッカーが指摘した。

オースチンはうなずいた。やはり気になっていた。

トロッターは無線でミズ・カーティスに連絡を取り、ふたりを通した。「なかのロビーでお迎えします。どうか彼女を怒らせないように」

オースチンは来客用バッジを付け、サンデッカーの後から内扉を抜け、第二のロビーまで行った。「あれはどういうことなんでしょう?」

「じきにわかるさ」

奥の扉が開き、ミズ・カーティスがはいってきた。瘦身《そうしん》の女性で、御年七十五にしては溌溂《はつらつ》として力強い。足首丈のベージュのスカートにグリーンのトップス、履き心地がよさそうな靴。紫のフレームの老眼鏡を光るチェーンで胸もとに下げていた。

「まあ」ミズ・カーティスは驚きとも無関心とも取れそうな声を出した。「ゲイリーの深夜の悪ふざけかと思ったら。何かお困りですか、副大統領?」

「気づいてくれて光栄だ」

「あら、すぐにわかります。個性的ですもの」

オースチンは必死で笑いをこらえた。

「かなり古い資料を探しているんだ」とサンデッカーは言った。「見つかりしだい、長官を起こして閲覧《えつらん》の許可を求めることになるかもしれない。そんなわけで、われわれに見せたからといって、あなたが困るようなことにはならない。もしも長官が文句でも言ってきたら、私がその責めを負う」

「大丈夫ですわ。長官のことは恐れてないし。おたがいよく知る仲ですから」

オースチンは前に出て自己紹介をした。「カート・オースチンです。カートと呼んでください」

「ミランダ・アビゲイル・カーティス。ミズ・カーティスと呼んで」

今度はサンデッカーが笑いをこらえる番だった。

ミズ・カーティスは踵を返すと手招きした。「こちらへ」

ふたりはミズ・カーティスの後から、永遠につづきそうな白い廊下を突き当たりまで進み、簡素なエレベーターで四層分を下って地下に降りた。エレベーターを出ると、そこがだだっ広い倉庫だった。建物の敷地全体を占める約五エーカーの空間で、番号をふられたキャビネットが所狭しと並んでいた。

FBIはこの地下保管室をほぼ開局当初から使用しているが、時とともに収蔵される資料は増加している。ファイリング・キャビネットの種類がまちまちなのは、何十年ものあいだにくりかえし増設されてきたからである。オースチンが掲示板に見た避難経路図によると、キャビネットは輻輳《ふくそう》するようにレイアウトされていた。

「わが家の応接間へようこそ」ミズ・カーティスは、オースチンの思いを見透かしたように言った。「保管室は建物の幅のまま、前庭の下をペンシルヴェニア・アヴェニューまでつづいているわ。保管されているファイルはほぼ一五〇〇万、紙の重さに換算すると七〇〇〇トン。コンピュータのファイルやその他の証拠物件は別の場所に保管されてます」

「すると」とオースチンは言った。「あなたはデューイ十進分類法を使って――」

ミズ・カーティスは射すくめるような視線をオースチンに向けた。「あなたは学校で問題児だったようね、ミスター・オースチン。わたしの時代にはみんな、そういう態度に対処する方法を心得ていたわ」

「行儀よくするようにします」

「そうして。それで、お探しの資料はいつのものかしら？」

「一九二〇年代です」

「だったら古いコンピュータを使わないと。全部を新しいのに入れ換えたわけじゃないの」


ワシントンの街路は、設置された監視カメラやモーションセンサー、配された警備員や警官の数でおそらくは世界のどの場所よりも上回る。わけてもそれが顕著なのは、政府の建物が多いペンシルヴェニア・アヴェニューである。しかし道路を監視するカメラ、センサー、警備員、警官、さらには副大統領のシークレットサービスやカート・オースチンでさえ、ＦＢＩ本部ビルのエントランスの向かい側に立つ高木の枝にとまる大きなカラスには気づいていなかった。

飛んできたカラスは舞い降りたところも見られていなかった。昼間を好むカラスのような鳥が夜中に活動するのを怪しむ者はいなかった。まして同じ通りの一〇〇ヤード先の街灯にとまる、そっくりの鳥に気づく者はいない。

木の枝と街灯の柱の上にいる双子のカラスは、宇宙時代の軽量素材でつくられた機械装置で、動力に次世代型の小型リチウムイオン電池が使われている。飛び立つときには本物の鳥のように羽ばたき、充分な高さに達すると滑空にはいる。そして地上に降りると、本物さながらに啼《な》き声もあげる。だが、虹色に輝く目は可視光線と赤外線を捉える高性能カメラになっていて、嘴《くちばし》に仕込まれた高感度のマイクは方向を調整すれば離れた距離の声を拾うことができる。

最初のカラスが海軍天文台からワシントン中心部に向かう装甲が施されたリムジンを追尾し、それを捕捉《ほそく》した二羽めのカラスがJ・エドガー・フーヴァー・ビルまで追跡した。いまは二羽とも羽を休めて新たな指示を待っていた。

三マイル離れたシルバーのテスラの車内では、男女がつぎにどんな命令を出すかで議論していた。運転席に女が座り、後部座席の男の周囲には複数の画像モニターと二台のバックライト付きキーボードが置かれている。

男は薄汚い服装《なり》をして、窶《やつ》れているといっていいほど痩《や》せこけていた。漆黒の髪をワイルドに固め、耳と眉と鼻にはステンレスのピアスがある。それこそ飢えたタトゥー・アーティストといった印象だった。

「最悪の状況だ」男は東欧の訛《なま》りがあった。「悪かったのが悪化して、もはや手の施しようがない。途中でオースチンを片づけりゃよかった。副大統領と会うまえに。せめてやつらがＦＢＩに乗りつけるまえに」その声は、男が言葉を切るころにはピークに達していた。

女が嘲笑《ちようしよう》した。ストレートの長い髪は男と同じ染料で染められていた。グレイのフーディに黒のストレッチパンツ、そしてランニングシューズ。男にくらべて鍛えられた身体つきで、ピアスはなく、ジョギングに出かける都会の主婦といった外見だった。

「早すぎたのよ」感情の起伏が激しい男とは対照的に、女の声は冷淡で無機質だった。

「まだ口座にお金がはいってない。慈善事業じゃないんだから」

「金は返したほうがいいかもな」と男が返した。「ＦＢＩのビルでオースチンに手は出せない」

「どこに目をつけてるの。何が見える？」

「実験は失敗に終わった」

「彼らはタキシードを着てる」と女が指摘した。「ほかに行先があるのよ。すぐに出てくるわ」

「リムジンに乗りこまれたら、消すには対戦車ミサイルが必要になるぞ」

ザンドラとフィードルは姉弟《きようだい》だった。口論は絶えないが、いつもいっしょに行動する。〈トイメーカー〉の名で殺し屋の世界に足を入れ、コンビで仕事をしていた。昔ながらの殺人に複雑な装置を駆使して毒を盛ったり爆弾を仕掛けたり、遠隔操作で引き金をひくことでも知られる。

姉は弟を見つめた。「あんたは怒ると可愛いけどね、フィードル。でも気が弱すぎる。あんたのマシンが仕事をするとき、わたしたちは遠く離れてるわけでしょ。あとは連中が出てくるのを待てばいい」

フィードルは驚いたように姉を見た。「FBI本部の前でオースチンを殺るのか？ 隣りに副大統領がいて、そこらじゅうシークレットサービスだらけなんだぞ」

「だから、全員に死んでもらうのよ」

フィードルは気も狂わんばかりの顔をしたが、ザンドラはただ微笑していた。

「あんたはものの見方が狭い。準備は出来てるんだから彼らをふたりとも殺して、それを名うてのテロ組織の犯行ってことにすれば、誰だってオースチンじゃなく副大統領を狙ったって考えるでしょ。それで捜査がほかに行ってしまえば、わたしたちは涼しい顔で逃げられる」

フィードルは力なく頭を振って何かをつぶやいたが、姉に反論するだけの気概はなかった。

ザンドラは自分のモニターで鳥の目が捉えた画像を眺めた。「別のおもちゃの準備をして。難易度が上がったからって、一〇〇万ドルをあきらめるわけにはいかないわ」

48

ワシントンDC、J・エドガー・フーヴァー・ビルの地下四階、記録保管室

J・エドガー・フーヴァー・ビルの深層では、オースチンとサンデッカー、そしてミズ・カーティスの間で、オースチンが閲覧を希望する資料について議論がおこなわれた。当初は激しいやりとりもあったが、資料の歴史的意義を強調するオースチンに、ミズ・カーティスの態度はにわかに軟化した。

「歴史は得意科目だったわ」とミズ・カーティスは言った。「この仕事に就いたのも、それがきっかけだった。わたしはここで、本に載ってないあらゆることを学びましたよ」

オースチンは眉を上げた。「たとえば？」

「ロズウェル事件のことはご存じ？　あそこで、本当は何があったか知りたくな

い？」

「興味があります」オースチンは笑顔で認めた。

サンデッカーがわざとらしい咳払《せきばら》いで話を元にもどした。「それはまたの機会にしよう、ミズ・カーティス。われわれがここに来たのは、グランツィーニ・ファミリーの犯罪に関する情報、それも一九二六年から二七年にかけての彼らの活動について、機密指定されたファイルを拝見するためだ」

「こちらは仕事一辺倒ね」ミズ・カーティスは椅子を回してコンピュータにパスワードを入れてコンソールを叩きはじめた。ファイル番号と保管場所はすぐにわかった。「機密扱いのファイルが四三冊。どれもデジタル化されていないので、紙のコピーを取るしかありません」

オースチンは、ひとりで資料を取りにいこうとするミズ・カーティスの後をついてキャビネットの迷路にはいった。メインの通路から三度曲がって、ようやく資料自体と同じように古ぼけた暗灰色のファイリング・キャビネットの前に来た。

「二列め」ミズ・カーティスは指さした。「上のほう」

オースチンはずらした梯子《はしご》を昇って引出しを開いた。そして、ミズ・カーティスから渡された番号に従ってフォルダーを取り出した。どれも経年によって黄ばんでぼろぼろになっていた。

オースチンが一冊ずつ手渡すファイルを、ミズ・カーティスはカートに載せた箱に整然とおさめていった。最後の一冊まで積み終わると、オースチンは梯子を降りてカートを押し、サンデッカーが待つ閲覧室へ向かった。

「わたしは一時間席をはずします」とミズ・カーティスが言った。「用があるときはインターコムのボタンを押して」

書類を読みはじめてすぐに、グランツィーニ・ファミリーの背景が明らかになった。

「一八八〇年代に、ファミリーの二家族がこちらに移住してます。シチリアとサレルノから」とオースチンは言った。

サンデッカーは別のファイルに目を通していた。「財務省の記録を見るかぎり、連中は犯罪組織というより密輸業者だな。アフリカ産の宝石、イタリアの絵画や塑像、中国の絹を扱っていた」

「それだけなら完全に合法的なビジネスに思えますが」

「たしかに。当時は五〇パーセントだった輸入税を納めていればな。どうやらグランツィーニ・ファミリーは、この税金は任意のものだと考えていたらしい」

「税金によって利ざやが減りますからね」

「財務省は一九〇八年および一九一三年に彼らを摘発している。一九一五年から一九二二年にかけては、ニューヨーク州検事総長が捜査を命じた。一九二三年にはＦＢＩも彼らの活動に目をつけて、ざっと数えただけでファミリーの五人が収監された。ほかにも服役の代わりに兵役に就き、第一次大戦で国外へ行った者も数名いる」

同様の情報はオースチンの側にあったファイルにも存在した。オースチンはボウタイを解いて垂らし、シャツのトップボタンをはずした。「どれも実に面白い。ですが、ボウタイを解いて垂らし、ルーズヴェルト飛行場との関係が判明しないことには、このファイルが機密指定されたそもそもの理由がわかりません。国家遺産に関する曖昧《あいまい》な法令が根拠となっていることもふくめて」

「私の口からこんなことを言うのもなんだが、政府というのはときに過ちを犯すものだ」

「そうですか」

オースチンは目にしていた報告書を置くと、箱のなかのファイルを繰って見出しのラベルに記載された各機関の名を確認していった。「財務省、連邦捜査局、歳入局《ＩＲＳ》、陸軍情報部――ここには一ダースにおよぶ機関のファイルがあります。小さな密輸商のファミリーにしてはやりすぎという感じですね」

「しかも、断片を組みあわせなくてはならない複雑な状況だ」とサンデッカーは言った。「すべてに目を通すとなると徹夜になるぞ」

さらに翌日も半日つぶれるというのがオースチンの目算だった。「ここには要点を絞りこんでくれそうな方がいますよね。歴史好きで、ここにある資料と五〇年も付きあっている彼女は、きっといまもドアの外で聞き耳を立てている気がします」

サンデッカーは笑った。「ロズウェル事件と月着陸の話を訊くのだけはやめてくれ」

オースチンはインターコムのボタンを押し、ミズ・カーティスの同席を求めた。彼女はすぐにやってきた。

「喜んでお手伝いしますわ」ミズ・カーティスの導きを得て、調査は一気に加速した。雑多なものが避けられ、重要なファイルがまとめられた。「その中身はわからないけれど」ミズ・カーティスは笑顔で言った。「コード番号からみて、これが国家遺産法によって最初に機密指定された資料です」

ミズ・カーティスは手にしたファイルをふたりに手渡した。驚いたことに、書類は国務省のものだった。それ以上に衝撃だったのは、国務省がグランツィーニ・ファミリーを称賛していることである。

「これは面白い」とオースチンは言った。「キャルヴィン・クーリッジ政権下で、すでに国務省は情報提供者のネットワークをつくりはじめていた。ヨーロッパとの関係を持つ犯罪者のファミリーを利用したわけです。共産主義者やファシストなど、戦後世界で活動する過激派組織を監視するために。密輸を通してヨーロッパの有力な一族とつながりがあったグランツィーニ・ファミリーは、ジャーナリストや陸軍情報部のスパイには手が届かない情報に近づくことができた」

「ケネディがギャングたちに、カストロを殺れと依頼するみたいな話だな」とサンデッカーが言った。

「こちらのほうがはるかに手が込んでます」とオースチンは言った。

オースチンは読み進めて知った事実を要約した。「狂騒の二〇年代にはいり、みんなの懐が潤うようになると、この犯罪者一家はＣＩＡ設立以前のスパイ網として機能するようになった」

「それでこの書類が機密扱いになったというわけか」

「ここにいれば、打算で結ばれた不思議な関係にはいろいろ出くわしますよ」とミズ・カーティスが言った。

サンデッカーは別のファイルをめくっていた。人生で政府関係の書類を何エーカー分も読んできただけに、埋め草の部分を飛ばして核心にたどり着くコツは会得している。いま手にしているFBIのファイルでは、グランツィーニ・ファミリーにたいする見方がまったく異なっていた。「強盗、恐喝、脱税――FBIはグランツィーニ・ファミリーを街の暴漢でギャングと位置付けている。二〇年代半ばからは美術品や骨《こっ》董品《とうひん》を盗んで、ヨーロッパに密輸していた。フーヴァー長官自身が、グランツィーニの犯罪を止めることを最優先課題に指定している」

「片方の手が、反対の手が何してるかわからないという感じね」とミズ・カーティスが茶化すように言った。

サンデッカーはうなずいた。「一九二六年、彼らは数名が死んだ放火の容疑をかけられた。そのすぐあとにはファミリーのボスが、以前ともに仕事をした仲間数名を銃撃した。逃走中にFBI捜査官を一名殺害して、一時〝社会の敵ナンバーワン〟のリストに載った」

「いつのことですか？」とオースチンは訊いた。

「一九二七年三月一七日」

「ジェイク・メルバーンが飛ぶわずか二カ月まえだ。いや、飛びそこなうと言うべきかな。連中は誰を撃ち、何を盗んだんですか？」

サンデッカーはリストを読みあげたが、ぴんと来る名前はなかった。「被害者はグランツィーニに協力して、過去に窃盗《せっとう》や骨董品密輸の片棒を担いだ考古学者たちらしい」

盗品のリストが数葉の写真とともに保管されていた。「盗んだのは古代エジプトの遺物で、発見されたのは――」サンデッカーはそこで息を呑《の》むと、やがて吐き棄てるように場所を口にした。「アリゾナ州北部」

「アリゾナで誰かが所有していたということですか？」

「ちがう。これによると、遺物はグランド・キャニオンの奥地にある洞窟《どうくつ》から出てきた」

オースチンは自分のファイルを置き、身を乗り出してサンデッカーが読んでいた資料を覗きこんだ。ファイルの半分はグランド・キャニオンでの発見に関する記述に割かれていた。写真とおおまかな地図に解説も添えられていた。考古学者たちがグランツィーニに宛《あ》てた書簡もあり、その彼らが関心を寄せていた複数の噂《うわさ》のなかには〈フエニックス・ガゼット〉が掲載した記事のこともあった。それはスミソニアン博物館が資金提供した探検隊のメンバーによって、一九〇九年にはグランド・キャニオンで古代エジプトの財宝が発見されていたが、その事実が伏せられたというものだった。捜索ずみのエリアに印がつけた地形図もあり、また何千年も昔に黄金の棺《ひつぎ》と動物の彫像を運んで南西部にやってきた〝太陽の民〟について、アメリカ先住民に語り継がれる伝承のことも記されていた。

サンデッカーがそれを要約した。「その民は父祖の時代にやってきて、狭い峡谷の壁を突き破り、山に穴を掘り、その石を荷車で川辺に運んで先祖の墓を築いた。伝承によれば、その後、墓を封じた彼らは夕陽を追って去っていったと」

つぎのページには、さほど年月を経ていない光量不足の写真が並んでいた。明かりにかざしてみると、それは財宝に埋めつくされた洞窟の写真で、アヌビスやホルスの像、薪《まき》のように積みあげられたミイラともうひとつ、金のめっきが施されたと思われる輝く石棺《サルコファガス》が写っていた。

「こいつは驚いた」とサンデッカーは口にした。

「たしかに壮観ですね」とオースチンは答えた。「しかし、いまは拉致されているイギリス人の教授の説では、われわれが目にしているこれは、少なくとも一五人のファラオの宝を集めたものです。サルコファガスはひとつだけではないはずだ」

「これによると、大きな洞窟には小室がたくさんあるらしい」とサンデッカーは言った。「そこに何があるかは書かれてないが」

オースチンはうなずいた。「ほかに記述はありますか？」

サンデッカーは先をつづけた。「発見の報を受けたグランツィーニは、ヨーロッパの得意先に声をかけはじめた。とくにフランスのファミリーだ。グランツィーニが遺物をヨーロッパの買い手に売り、その代金の一部を考古学者たちが受け取るという契約でな。だが、まずは見込みある買い手に、秘蔵品が本物だと納得させなくてはならない。そこで小さな品を、この写真や象形文字が描かれた石板と併せて持ち出すことにした。連中はそれがアメリカから出たものだと証明するのに、遺物とともに峡谷の縁に立つ自分たちの姿を写真におさめた。これを見たまえ」

それは人々の前に並べられた石板の欠片《かけら》の写真で、組み合わせると乾式壁一枚ほどの大きさになる。モノクロ写真なので石板の色については断定できないが、その平面は象形文字で覆われていた。「〝ケスンの碑文〟のように見えます」

「グランツィーニはロックフェラー家の隣りに引っ越したがっていたんだろう」とサンデッカーは言った。「問題はどこで失敗したかだ」

「犯罪者は、大金を分けるとなると同じ過ちを犯すものですよ」とミズ・カーティスが言った。「欲に目がくらんで」

ふたりはミズ・カーティスを見た。

「あくまで推理ですけど」

報告書に目をもどしたサンデッカーは、その推理がずばり的中していることを知った。「ここには、グランツィーニがその発見を隠すために考古学者たちを殺害したとある」

オースチンはじっとしていた。どうも釈然としない。「辻褄が合わないな」とやおら言った。「この発見の正当性を確立するつもりなら――アメリカの土壌から財宝が見つかったという評判でもって利益をあげる気なら――考古学者を味方につける必要があります。はっきり言って、それを秘匿したままでは値段を吊りあげられない」

「きみは不誠実な連中に論理的な思考を求めるか」

「誠実ではないかもしれない連中にも、足し算や引き算はできます」

「もしかすると、これで説明がつくかもしれない」ミズ・カーティスが束のいちばん下にあったファイルを出してきた。それは大統領官邸のもので、キャルヴィン・クーリッジの署名と大統領の印章があった。

フォルダーを開いたサンデッカーは、それを読みおえるころには渋面をつくっていた。

ミズ・カーティスは眉を上げた。彼女はファイルの中身を知っていた。「事実は小説より奇なり」

「およそ信じがたい話だ」とサンデッカーは洩らした。

「というと？」とオースチンは訊ねた。

「自分の目で確かめろ」

サンデッカーは無言で書類を差し出した。読ませたいという思いがありありと伝わってきた。

オースチンは頭から読み進め、新たな情報に行き着いてスピードを落とした。見逃しがないか、そのセクションを二度読みなおした。状況はすぐにはっきりした。そこにはグランツィーニ・ファミリーが考古学者たちを殺した理由と、財宝について口外する者を生かしておけない理由が説明されていた。

オースチンはファイルを閉じた。「これは、すべてが一変しますね」

サンデッカーはおもむろにうなずいた。「まさにそのとおりだ」

49

ワシントンDC、J・エドガー・フーヴァー・ビル

オースチンとサンデッカーはミズ・カーティスに別れを告げた。サンデッカーは彼女に、もしFBIでの役割に飽きることがあれば、その好奇心と記憶力はNUMAで活かせると提言した。

ミズ・カーティスは考えてみますと言い残し、地下の資料保管室に引きかえしていった。

「彼女がパールマターと働く姿が目に浮かぶようだ」とサンデッカーは言った。

外のロビーで待っていたモーリスが、運転手にリムジンをまわすよう無線で連絡した。三人は建物を出て、一〇番通りに面した広い歩道につづく階段を降りた。

歩道には仮設の警官詰所とコンクリート製のプランターが並び、車やトラックによ

る敷地への侵入を阻んでいた。歩道の先の一〇番通りに、駐車禁止エリアを示すオレンジ色のコーンが置かれている。幹部職員や重要な来訪者の送迎レーンとして使うためだった。むろん副大統領はその地位にある。

モーリスにうながされて詰所から出てきた制服警官が、リムジンが縁石に近づけるようコーンを道路脇に移動させた。オースチンとサンデッカーが無言で立っていると、一〇番通りを大型車がやってきた。

しばし物思いに耽《ふけ》りながら、オースチンは遠くを見ていた。視線の先にあるプランターのひとつに大きな黒い鳥——カラスがとまっていた。カラスは首をかしげてオースチンを見返していた。そのカラスの目に、オースチンはまぎれもない違和感をおぼえたが、その訳に気づくより早く、高価なラジコンカーを思わせる甲高《かんだか》い唸《うな》りに注意をそらされた。

攻撃的なその音の出所に目を向けると、スケートボードのサイズの物体が一〇番通りを逆走してくる。小さな車輪が六個、片側に三個ずつあって、後部には大型のバッテリーパックを積み、先頭に油圧式のグリップでウージ・サブマシンガンが据え付けられていた。

「伏せて!」とオースチンは叫んだ。そして、サンデッカーがその代役を務めさせると話していたシークレットサービスさながら、副大統領に覆いかぶさった。ふたりが最寄りのプランターの陰に倒れこむと同時に、六輪車からの発砲がはじまった。プランターの表面を銃弾が縫うように捉えたが、コンクリートと土がみごとに楯《たて》の役目を果たした。

遠隔操作の殺人マシンは停止すると、方向転換して詰所の制服警官を攻撃した。警官は援護を要請する最中に被弾した。

警官が倒れるとモーリスが銃を抜いて数発を撃った。うち二発が六輪車に命中した。金属に覆われた殺人鬼はびくともしなかった。車体が傾きかけたがバランスを取りもどし、加速して縁石を乗り越えると、プランターの間を抜けながらオースチンとサンデッカーを捜した。

オースチンは丸腰だったが、この闘いから離脱する気はなかった。造園用の大きな石を手にプランターに飛び乗ると、タッチダウンを決めたフットボーラーがボールを地面に叩きつける要領で、機敏に動く小さな襲撃者めがけて石を投げおろした。石がまともに当たって銃が斜めに傾き、マシンは引っくりかえった。しばらくは仰《あお》向《む》けにされたカブトムシのようにじたばたしていたが、やがてウイングを広げて体勢をもどそうとした。

それを見物する気はさらさらなく、オースチンはマシンの上に両足で飛び降りると、ウイングを修復不能になるまで折り曲げ、ウージを蹴り飛ばした。

快哉を叫ぶ間もなく、先ほど目にしたカラスが飛んできて顔を削られそうになった。頭を引っこめると、カラスは反対方向に飛び去った。「あの鳥は不吉だな」

その正体に思いめぐらす暇はなかった。第二のラジコンカーが走ってきた。今度は銃ではなく、プラスティック爆弾をくりつけていた。さらにその後ろから銃を搭載した第三のマシンが来て、歩道に向けて援護射撃を開始した。

リムジンが急ブレーキとともに、残ったオレンジ色のコーンの間に割りこんだ。モーリスは開いたドアにサンデッカーを押しこみ、自分も乗ろうとして脚を撃たれた。地面に倒れたモーリスは、助けに近寄ったオースチンを押しやった。「副大統領をここから連れ出せ！　行け！　行け！」

オースチンが乗ったリムジンの運転手がアクセルを踏んだ。六五〇馬力のターボエンジンが、背後に白煙を巻きあげて大型タイヤを回転させた。リムジンは勢いよく飛び出したが、ボディの装甲に当たる銃弾の音がまだ脱《ぬ》け出していないことを物語っていた。

リムジンは一〇番通りをペンシルヴェニア・アヴェニュー方面へと疾走した。さいわい、夜も更けて車通りはほとんどなかった。高速で交差点を曲がると車体が傾き、タイヤがスキッドした。

車体を立てなおした運転手は無線で警報を発した。「緊急コード4」と叫んだ。「ペンシルヴェニア・アヴェニュー、ガヴァーメント2」

コード4はワシントンの全信号を赤に変え、政府公用車を特定の緊急ルートで安全な場所まで通行させるためのプログラムである。ガヴァーメント2とはその車輌に副大統領が乗っていることを意味する。

運転手のイアフォンに、支援部隊が向かっているとの応答があった。「バックアップが来ます」運転手はオースチンとサンデッカーに大声で告げた。

ふたたび角を曲がる際には、オースチンも身構えていた。その直後に特別区警察のパトロールカーがリムジンの傍《かたわ》らにつき、半ブロック並走してから前に出て速度を落とした。

「道をあけろ」苛立ったリムジンの運転手が怒鳴った。

オースチンは仕切りとフロントグラス越しに警察の車輌を観察した。何か不穏な感じがした。車にドライバーがいなかった。「罠《わな》だ」

運転手は混乱していた。「えっ?」

「曲がれ！」

遅かった。パトロールカーのリアウィンドウが割れ、車内に搭載された強力な兵器による銃撃がはじまった。

連射による攻撃はものの数秒で一〇発あまりが命中し、フロントグラスにはあばたとひびを生じた。防弾ポリマーは持ちこたえたが、そのダメージで視界が失われた。

運転手はコンソール中央のスクリーンに映し出される前部カメラの画像に視線を落とした。そしてパトロールカーから逃れようと、ステアリングを右に切って脇道をめざした。

高速を出したリムジンには窮屈な曲がり角だった。スリップして制御を失い、側面を街灯の柱に、前面を路上駐車していた車にぶつけて歩道に乗りあげた。

二重の衝撃でリムジンは急停止した。後部座席のオースチンとサンデッカーは投げ出された。運転手は放心したものの、すぐに正気を取りもどした。

「ここにいてはだめだ」とオースチンは叫んだ。

運転手も心得ていた。エンジンをかけなおして車を再発進させた。倒れた街灯柱から離れ、ぶつかった車を押しのけて車道にもどった。

一〇〇フィートほど進むと、彼方《かなた》に無人のパトロールカーが現われ、車首をこちらに向けて加速してきた。

「こっちがクラッシュしたあと、このブロックを周回していたようだ」

運転手は急ブレーキを踏むと、ギアをリバースに入れてリムジンを後進させた。後方を見たオースチンの目に悪い知らせが飛び込んできた。俊敏なラジコンカー二台が角を曲がってきたのだ。その一台が発砲をはじめた。小口径の銃弾はリムジンの装甲にあっさり阻まれたが、真の脅威は爆弾を積んだもう一台にあった。

「前進だ」オースチンは大声で命じた。

「でも別の車が――」

「いいから前進しろ！」

運転手はブレーキを踏んでギアを入れなおし、ふたたびアクセルを踏んだ。だが重いリムジンに悲運を避ける敏捷《びんしょう》さはなかった。ラジコンカーはシャーシの下に潜りこみ、積荷を爆発させた。

50

爆発はその街区を雷のようにどよもした。オレンジ色の火球が通りの暗がりを明るく染め、副大統領のリムジンとその周辺に駐まっていた車を呑みこんだ。ガソリンタンクに引火して炎上する車もあった。

もし野次馬がいれば、燃えて修復不能な状態のリムジンを目撃したはずだ。タイヤが吹き飛び、駆動系は完全にやられている。金属のボディはいたるところで変形して、窓という窓に亀裂《きれつ》が走っていた。

まさかその車内でオースチン、サンデッカー、そして運転手が底面を覆う装甲板に護られ、無傷でいることに気づく者はいないだろう。装甲板のV字型の構造は、車体への衝撃を吸収すると同時に爆風を外に逃がす役割を果たしている。湾岸戦争の地雷対策から学んだその設計が、車内の三人の命を救ったのである。

最初に意識を取りもどしたのはオースチンだった。耳鳴りがするなかで頭を上げ、被害の状況を確かめた。車外で揺れるオレンジ色の光で、周囲が火の海になっていることがわかった。ルーフパネルのへこみや内側の傷み具合からみて、リムジンがすぐに動かせる状態にないのは明らかだった。

オースチンはサンデッカーの様子を確かめた。「ご無事ですか?」

サンデッカーは頭を打ち、髪の生え際の切り傷から出血していたが、ほかに怪我《けが》はなさそうだった。ボウタイも定位置におさまっている。「痛みより怒りが湧いた」

「同じ思いです」運転手の様子はわからなかったが、運転席の静寂は受けたダメージがオースチンや副大統領より大きいことを告げていた。

「車内に葉巻と血液のほかに何かありますか?」

サンデッカーが座席のある箇所を指さした。オースチンがクッションを引きあげると、そこが武器ロッカーになっており、ヘックラー&コッホSP5K機関拳銃が二挺収められていた。

「じきに援軍が到着する」とサンデッカーが言った。

オースチンは銃を取り出すと銃弾が装填《そうてん》され、薬室にも一発が送られているのを確かめた。「私が指示すべきではありませんが、無線であのパトロールカーの追跡を命じてもらえませんか?」

「きみはどうするつもりだ？」

「外に出て、あの六輪ロボットと仲間を追います」

「それは本当に必要なことか？」

「この車は戦車並みですが、戦車ではありません。もう一度爆破されたら保《も》たない。いまのうちに路上で方をつけないと」

ドアを蹴りあけたオースチンに、燃えつづける炎の熱とゴムの焼ける臭《にお》いが押し寄せた。警察のサイレンとヘリコプターの音が近づいてきた。機甲部隊も現場をめざしているが、到着を待てば手遅れになる。

オースチンは煙越しに目を凝らし、攻撃してきた小型マシンを探した。爆発物を積んだ車輌は自爆して消えたはずだが、銃を搭載していたほうがまだ近くにいる可能性があった。そもそも遠隔操作で操られるマシンが何台あるのかもわからない。

オースチンは銃を構え、瓦礫《がれき》のなかに動くものの気配を探った。すぐに自分が監視されていることを覚《さと》った。通りの反対側で破壊されていた車のルーフに、ＦＢＩ本部の外で見た同じカラスがとまっていた。

カラスの目がオースチンを捉えたとたん、遠隔操作された偽のパトロールカーが銃撃してきた。

オースチンはリムジンの車内に飛び込んでドアをしめた。銃弾が装甲に大きなへこみを三カ所つくったが、多層の鋼板は持ちこたえていた。

「あの鳥が反乱の首謀者か、われわれが機械で監視されているか、そのどちらかです」とオースチンは言った。

サンデッカーは不可解そうな目をオースチンに向けると無線に注意をもどした。至近にいた軍用ヘリコプターのパイロットにたいし、若き日を彷彿させる剣幕で指示を発した。「そうだ。パトカーを攻撃しろ」

パイロットから返ってきた質問に、副大統領は苛立った。

「首都警察だろうとかまわん。われわれはそいつから攻撃を受けてる」

上空を横切るヘリコプターの轟音《ごうおん》が通りを圧した。その直後に銃撃と小規模な爆発がつづき、偽のパトロールカーのガソリンタンクが爆発した。

「標的を排除しました」無線のむこうから声がした。

「よくやった」とサンデッカーは言った。

「まだ森から脱け出したわけじゃありません」とオースチンは言った。「遠隔操作の六輪車があたりにいます」

「ドローンとかラジコンカーとか」サンデッカーは頭を振った。「副大統領を狙うなら、もっと堂々としたやり方があるんじゃないのか」

「自惚《うぬぼ》れと思われたくはないのですが、私がターゲットじゃないかという気がします」

「きみが？」

「お話しした例の武器商人ですが、これは彼らの仕業ではないかと思います。たぶん、ＦＢＩから借り出した資料と関係があるんじゃないかと」

「おそらく、きみの言うとおりだな」

「危険に巻き込んでしまったことをお詫《わ》びします。しかし形勢を逆転できそうです」

「どうやって？」

オースチンはあるアイディアを思いついていた。しかも自分が誇らしくなるほどの巧妙な作戦だった。「もう一度むこうに、私を撃つチャンスをあたえます」

サンデッカーが見つめるなか、オースチンはミズ・カーティスがコピーしてくれた資料からＦＢＩのファイルを――フーヴァーの部下が真実を知るまえに記していた報告書を抜き出した。

つぎに冷蔵庫を開き、サンデッカーの血液を入れたバッグを出してタキシードの内ポケットに詰めた。

サンデッカーの表情がすべてを語っていた。「本気か」

「これ以上のプランがありますか？」

「これ以下のプランも思いつかん」とサンデッカーは答えた。「だが、幸運を祈る」

オースチンは歪《ゆが》んだドアを肩で押しあけ、ふたたび車外に出た。片手に銃を、片手にファイルを持ってリムジンから離れた。そして攻撃が来るのを予期したように跳ねたり向きを変えたりしながら煙中を移動していった。

カラスに監視されているのは覚悟のうえで、六輪の殺人マシンを探した。

街灯の前の影が揺れ、カラスが飛び立った。それと同時に、ラジコンカー特有のモーター音がリムジンの反対側から聞こえてきた。

振りかえると、破壊されたリムジンの陰からマシンが現われた。オースチンは銃を上げ、リモコンのマシンがこちらを捕捉して発砲する瞬間、引き金を絞った。

オースチンの狙いは正確だった。ラジコンカーは、搭載した銃が弾丸を発射した直後、電動ギアボックスを貫かれて動かなくなった。放たれた弾は大きく左にそれたが、オースチンは撃たれたふりをしてよろめき、たたらを踏んだ。

他人の目には、まともに命中したとしか見えなかっただろう。銃を取り落としたオースチンは前につんのめりながら、サンデッカーの血液バッグが破れるように胸を叩いた。

被弾にたいする反応を擬して、すばやく繰り出されたパンチはさりげないものだったが、その衝撃で輸血用バッグに穴があき、流れ出たサンデッカーの血がタキシード用の白いシャツを染めた。

オースチンはさらによろめくと、流した血がよく見えるように横ざまに倒れた。そこでの難関は、受け身を取らずに身体を地面にぶつけることだった。

薄目をあけて横たわったオースチンは、マシンが静止したままで、カラスによる監視がつづいているのを見て取った。そこで芝居の仕上げとして、落としたファイルに手を伸ばし、あとすこしのところで力尽きたように動きを止めた。

数ブロック離れたテスラの後部座席で、電気仕掛けの鳥の目が捉えた事の次第をフィードルがスクリーン越しに見守っていた。

「やつは倒れた。オースチンが倒れた。ついに」フィードルは深呼吸をした。「逃げちまうかと思った。マジで逃げられるかと思ったよ」

破壊されたリムジンに向かうヘリコプターが、爆音とともに上空を通過していった。

警察の車が四方八方からライトを点滅させ、サイレンを鳴らしながら現場に急行している。

「とどめを」とザンドラが命じた。「早く。死んだことを証明しないと残金がもらえない」

ウージの銃弾を見舞おうとして、フィードルは遠隔操作ユニットが反応しないことに気づいた。「ラジコンが死んでる。三台ともだ。最後の一台も、オースチンが倒れる寸前に撃ったらしい」

「パトカーは?」

「空から破壊された。ここから逃げないと、おれたちも同じ目に遭うぞ」

「証拠がないままここを離れるわけにいかないわ」ザンドラはなおも言った。「鳥を使って。オースチンの死体を近くから映して」

フィードルは画面を切り換えると黒い鳥を操作して、オースチンのうつ伏せの死体近くのアスファルト上に降下させた。飛び立った鳥は滑空し、横たわるオースチンから六フィートの場所に着地した。流れる煙で画像は不鮮明だった。

「もっと近づけて」

フィードルはカラスを前進させた。距離が縮まるにつれ、画像がはっきりしていった。フィードルとザンドラは画面に見入った。フルカラー画像で映されたオースチンは不自然な体勢で地面に臥《ふ》し、タキシードのシャツを血で濡らし、半目を開いている。疑いようがなかった。

「もうここを出ていいだろ?」とフィードルが訊いた。

ザンドラはためらった。「あれは何?」と言って、オースチンが伸ばした手の先にあるものを指した。「あそこ」

「ファイルフォルダーみたいだ。やつら、FBIにあれを取りにいったんだ」

「つかませて」とザンドラは命じた。「あれを手に入れたら、バーロウはボーナスをはずんでくれるわ」

「ほんとに?」

「早く!」


オースチンは息を止め、路上にじっと横たわっていた。地上に舞い降りた機械仕掛けのカラスが、近づきながら観察しているのがわかった。偽物とはいえ――生きた鳥は煙や炎のなかを歩いたりしない――それを忘れてしまうぐらいリアルに出来ていた。

偽物の鳥はそばに来て観察していたが、やがて本物の鳥にしか見えない頭を回し、オースチンの伸ばした手と地面に置かれたファイルに注目した。

カラスは二度跳ねてフォルダーのところへ行き、嘴でその縁を持ちあげると、機械の鉤爪《かぎづめ》でファイルをつかんだ。そして書類を捉えたまま広げた翼を羽ばたいた。飛び立ったカラスは通り沿いに低空を飛び、やがて加速しながら高度を上げていった。突き当たりを過ぎた黒い機械は夜の闇《やみ》にまぎれて消えた。

オースチンは浅く息をしたが、そのまま動かずにいた。笑顔になるのをどうにかこらえた——重症に笑顔は似合わない——が、スコットランド沖でトロール船を見つけて以来、初めて優位に立てたと思った。これもひとえに機械仕掛けの鳥のおかげだった。

51

ワシントンDC、NUMA本部

「ここでも危ない橋を渡る気か」

オースチンはデスク越しにルディ・ガンを見た。ブラッドストーン・グループとの最後の勝負にあたってプランを説明し終えたところだった。ガン好みの作戦でないのはわかっていたが、結局のところ、ガンは実務肌なのだ。オースチンはそんなガンを頼りにしていた。

「こんなチャンスは二度とめぐってこない」とオースチンは言った。

「そもそもなぜチャンスを狙う?」とガンが訊ねた。「本来の担当であるインターポールとMI5にボールを返せばいいだろう。FBIに捜査を委ねたらどうだ?」

オースチンは椅子に座りなおした。シャワーを二度浴びて着換えをすませたにもかかわらず、昨夜の爆発と焼けたゴムの刺激臭が抜けていなかった。「インターポールは張り子の虎で、ＭＩ５はここアメリカではあまり力にならない。ＦＢＩはというと、文書保管室の一名を除いて、ぼくとぼくの意見には一週間まえの古新聞程度の価値しかないと考えてる」

ガンは、副大統領のリムジン襲撃に関するＦＢＩの捜査報告書を眺めた。「彼らは攻撃対象に関するきみの説を排除した。自分を世界第二の権力者をしのぐ重要人物と自惚れるナルシシストの妄言としてな」

どう取られるかは、オースチンにもわかっていた。「問題はそこなんだ。むこうはぼくの言い分を一切信じない。つまり、バーロウとその一味や、機械仕掛けの鳥を作った人間を捜す気がないってことさ」

「きみはその話を彼らにしていないだろう」

「もう充分頭がおかしいと思われてるし、彼らの疑念を深めることはしたくない」

ガンは一笑してＦＢＩの報告書を脇に置いた。「要するに、この話はわれわれの間だけのことなんだな。で、きみはどんな危険を冒してでもバーロウを罠に掛けたがっている。彼らがそれにはまると確信する理由は何だ？」

「連中は〝ケスンの碑文〟を手にしてる」とオースチンは言った。「マックスとハイアラムがあの写真を解析した結果が、財宝は大海をはさんだこちら側の砂漠の峡谷に眠っていることを示唆している。しかも、むこうに持たせたＦＢＩの古いファイルのコピーは財宝の存在を裏づけるもので、グランツィーニ・ファミリーとの関係や、残された財宝が眠るグランド・キャニオンのおおよその位置も示されている。手書きの地図や航空写真、洞窟内部のスナップまである。やつらがそのつながりを見逃すはずがないんだ」オースチンは話しながら、憑《つ》かれたような笑みを浮かべた。「やつらは来る。あるいは諦《あきら》めるか」

ガンは目をそらすと、ペンをもてあそびながらその可能性を熟慮した。「やめろと言ったところで聞く耳はもたないだろうし、きみの要求は検討させてもらう。これを実行するのに必要なものは？」

「ＦＢＩの写真の場所と、考古学者たちが洞窟を発見した峡谷の正確な位置を照合できる衛星データ」

ガンはうなずいた。「それは簡単だろう。ハイアラムとマックスは写真を使って、昔の地勢と位置を照合したことがある。当然、ブラッドストーン・グループも同じことを苦もなくやってのけるだろうが、そこは織り込みずみのはずだ」

「ええ」とオースチンは言った。「でも、マックスがいればこっちが先手を打って、先回りして待機することができる」

「きみたちで行くのか？」

「あそこに軍隊を伏せておくことはできないな。場違いなものがひとつでも――待ち伏せとか警備とか――ちょっとした異変があっても、むこうは重要人物が登場するまえに手を引いてしまう。捕らえるべきはバーロウとその副官たちで、偵察を何人か捕まえたところで意味がない」

「独りでは行かせないぞ」

「ジョー、モーガン、それにトラウト夫妻を同行させます」

「わが特別任務部門のチームを全滅させる気はないし、そこにＭＩ５の諜報員《ちょうほういん》がくわわっても話は変わらない。何らかの形でバックアップを連れていってもらう」

オースチンは壁の地図に目をやり、合衆国西部とアリゾナ州北部に注目した。「フラッグスタッフの近くにキャンプ・ナヴァホという陸軍基地がある。彼らはたっぷり基礎訓練を積んで州兵の仕事をしてる。レンジャーの分遣隊に警戒態勢を取ってもらっても目につくことはないでしょう。バーロウと部下が現場にいるのを確認しだい掩護《えんご》を要請して、レンジャーが参戦したら、あとはご承知のとおり」

ガンはそのプランを検討した。カート・オースチンの思いつきにしては、理にかなっていた。「結局はこっちが後悔することになりそうだが、承認しよう。グランド・キャニオンに行きたまえ。ただし目立たないように。死んだことになっているのを忘れるな」

52

テキサス、ガルヴェストン港
商船〈チュニジアン・ウインド〉

ソロモン・バーロウは〈チュニジアン・ウインド〉の開放された貨物用ハッチの陰に立ち、近づいてくる発動機付きのランチを見つめていた。適宜配置した送風機からの風があたる日陰にいても、バーロウの顔は汗で光っていた。ふだん北ヨーロッパに暮らしているせいで、晩夏の熱波に包まれたガルヴェストン湾の高温多湿にはまるで順応できなかった。

隣りにいるロブソンにとって暑さはさほど苦にならないが、彼には別の不満があった。「気に入らないな、やつらをここに連れてくるのは」ロブソンはそう言ってランチに顎をしゃくった。「副大統領を殺しかけたんだ。もし監視されてたら、ＦＢＩを引き連れてくることになる」

「ＦＢＩはテロリスト狩りで忙しい」とバーロウは言った。「戦略的な情報漏洩《ろうえい》がうまくいった。背後に〈トイメーカー〉がいるとは夢にも思うまい」

「だとしても、連中と顔を合わせるのは馬鹿げてる。目的は何なんです？」

「手を組むんだ」とバーロウは言った。

「あのふたりと？」

「まあ見ていろ」

到着したランチは〈チュニジアン・ウインド〉の舷側《げんそく》にぶつかった。貨物ハッチから下ろされた道板が小型船に固定された。

道板の設置をすませた船員が脇に退いた。自信たっぷりのアスリートタイプの女につづき、おどおどして神経質そうな男が乗りこんできた。バーロウはせっかちなネズミを思いだした。

ハッチまで来た男女ふたりは、送風機の風が届く場所に立った。

「〈トイメーカー〉を紹介しよう」とバーロウはロブソンに言った。「いや、〈トイメーカーズ〉と複数形になるのか？　ザンドラとフィードルだ」

バーロウは名前で呼び、すでにふたりの正体を知っていることをほのめかした。少なくとも第二の偽名まで突きとめていることを。相手はそこに食いついてきた。

ザンドラはバーロウをじっと見た。「やるわね、ソロモン」ザンドラはフィードルを指さした。「マシンをつくるのは彼。わたしは彼がいじめられないようにしてるだけ」

「どっちにしても、すばらしい仕事ぶりだ」とバーロウは言った。「報酬は受け取っているはずだが、オースチンを排除してくれたことに個人的に礼を言わせてもらう。送ってくれた写真は額に入れて飾るつもりだ」

「好きにしたら」とザンドラは言った。「本題にはいりましょう。そちらが欲しがりそうなものを手に入れたわ。全体の利益をシェアしてくれるなら渡すけど」

「もらったメッセージにそう書いてあったな。もう用意はできてる。だが、まずは見つけたものの中身を検めないと。ついてきてくれ、話をしよう」

バーロウは船内にはいり、元は船員用の食堂だったのをプランニングルームに改装した部屋に案内した。室内には男四人が待っていた。屈強でよく陽に灼けた男たちである。

「ザンドラとフィードルだ」とバーロウは言った。「こちらはオマール・カイ」

オマール・カイは奥の壁に軽くもたれていた。ほっそりした長身、ウェーブした黒髪、太陽によって皺が刻まれたオリーブ色の肌。昔の西部のガンマンにこそ似合いそうな太い口ひげをたくわえている。カジュアルな服装をしたそのカイが目を輝かせて言った。「お会いできて光栄だ」

「あなたのことは知ってる」とザンドラが言った。

その後は握手も言葉も交わされなかった。

「みんな、席に着いてくれ」とロブソンが言った。

一同は大きなテーブルを囲み、ザンドラとフィードルが一方の側、カイとその部下が反対側、ロブソンが奥の席にそれぞれ着いた。バーロウは立ったまま、全員をここに集めた理由を説明していった。

「われわれは古代エジプトの、未曾有《みぞう》の規模の財宝を狙っている。その力になってくれる方には、参加に際して前金を支払う。その金は、われわれが持ち帰るものの一部と引き換えに返してくださってかまわない」

「こっちの取り分は半分よ」ザンドラが尊大に言い放った。「わたしたちは宝のありかを正確に知ってる。あんたたちを案内してあげる。それ以下なら受けないわ」

「強欲だな」とオマール・カイが言った。「予想したとおりだ」

ザンドラはカイに嘲笑を向けた。

バーロウは動じなかった。「そういうことなら、自分たちで行って運び出せばいい。こちらの専門家によれば、財宝の重量は控えめに見積もって一〇〇トンになる。なにしろ黄金の棺、銀の棒、宝石や装飾的な武器を詰めこんだチェスト、大理石や縞瑪瑙《しまめのう》から彫り出した像だ。お望みなら背負って運んでいってくれてかまわない。万が一それで成功したところで、インターポールにはめられたり、誰かに裏切られないようにびくびくしながら買い手を探すことになる」バーロウは考える間をあたえた。「さもなければ、力仕事と販売、流通はわれわれの手に任せてこちらに協力することだ」

ザンドラは口を閉ざした。カイはにやっとして片目をつぶった。バーロウは場をおさめたことを確信した。

「そっちの取り分は四分の一」とバーロウは言った。「正確な位置情報の提供と、われわれにたいする協力が前提だが」

「正確な位置はいつでも教えてあげる」とザンドラが豪語した。

「ならば二五パーセントはきみたちのものだ」

「おれたちの取り分は？」とオマール・カイが訊いた。

「同じく四分の一が取り分だ」とバーロウは説明した。

「気前がいいな」

「そうでもない」とバーロウは言った。「きみたちには最大のリスクを引き受けてもらう」

カイは意に介さなかった。「リスクあっての見返りだ。任せてくれ」

テーブルの向かいでザンドラもうなずいた。「わたしたちもやる。どんな計画？」

バーロウは峡谷にすばやく出入りできる作戦を考えていた。それには、大きな運搬能力と最大限の隠密性が必要になる。洞窟にある装身具すべてを手にするという幻想は捨て、高い値がつくもの——黄金に宝石、棺、ファラオのデスマスクやミイラなどに集中するつもりだった。

「とにかくまずいのは」とバーロウは注意を促した。「法執行機関にいきなり踏みこまれることだ。そこできみたちの取り分が発生する」

カイが口を開いた。「まさかおれたちを警察と戦わせておいて、その間に財宝を持ち逃げする気じゃないだろうな？」

「とんでもない」とバーロウは答えた。「警察と戦って勝ち目はない。むこうが援軍を呼んで、最後は包囲されて終わりだ。きみたちにはもっと賢くやってもらいたい。連中の注意をそらすんだ。当局の目が、砂漠の辺鄙《へんぴ》な一画を少人数で掘りかえす現場よりもっと大がかりで大事なものに向くように」

「で、わたしたちはじっさいに何をするわけ？」とザンドラが訊いた。

バーロウはリモコンを持つと、前方のスクリーンに向けてボタンを押した。一枚の写真が映し出された。赤い砂岩の壁二枚の間に、コンクリートで造られた巨大ダムの写真である。

「グレン・キャニオン・ダムだ」とバーロウは言った。「グランド・キャニオンの上流にある。コロラド川の水を一〇億トン堰き止め、アリゾナとニューメキシコに大量の電力を供給している」

「ダムを爆破しろって？」フィードルが驚きの声をあげた。

「まさか」とバーロウは答えた。「誰かがダムを吹っ飛ばそうとしてると見せかけてもらいたい。具体的には、テロリストによる大規模な襲撃と占拠を装うんだ。地元と州と国の警察機関の目と耳を惹きつけ、むこうがしばらく動けなくなるように。警察がダム決壊の回避と存在しないテロリスト対策にかかりっきりになってるうちに、われわれが洞窟を掘って価値あるものを根こそぎ持ち去る」

「こっちが命からがら逃げてるあいだにね」とカイが言った。「なるほど、それはあんたの目に魅力的に映るだろう」

バーロウは動じなかった。「金を稼げるんだぞ。チームの取り分は五〇〇〇万から一億あたりになる。もっとかもしれない。それでもリスクを冒す価値がないというなら、あとは代わりを探すだけのことだ」

ザンドラは欲望を刺激されていた。「連中の気をそらせばいいだけじゃない。いくつか目くらましを仕掛けて、本物のテロ対策部隊が来るまえにこっそり脱け出すだけのことよ」

バーロウは感心していた。この女の度胸の据わりようは尋常ではない。

カイがうなずいた。こちらもすごすごと引きさがる男ではなかった。そして例のごとく金を必要としていた。「いいだろう。やり方と逃走経路はこっちで決めさせてもらうが、仕事はまっとうする」

「きみら六人には細部を任せるだけの頭がある」とバーロウは言った。「ダムを標的に計画を立ててくれ。ということで、ザンドラ、位置情報をもらいたい」

ザンドラはうなずいた。「口座にお金がはいったら」

「銀行に確認したまえ」バーロウは胸を張った。「もう入金されてる」

ザンドラがスマートフォンでパナマの秘密口座を確認するのを辛抱強く待ちながら、バーロウはにわかに好転した自分の運を思った。いまやこの仕事を終わらせるのに必要なすべてが揃《そろ》っていた――クロス教授の知見、ロブソンの統率力、オマール・カイの兵力、遠隔操作を駆使する殺し屋二人組――バーロウの要求に完璧に適っていた。それ以上に、オースチンが消えてNUMAを埒外《らちがい》にできたのが大きかった。これで財宝の正確な位置をつかむプロセスが飛躍的に加速するはずだった。

事態は瞬《またた》く間に好転していた。それを変えさせるつもりはなかった。「どうかな？」

ザンドラがうなずいた。「たしかに入金されてた」ザンドラは携帯のボタンをタップし、暗号化されたメッセージをバーロウのアドレスに送信した。「ファイルを開いて。必要なものはすべてそこにあるから」

バーロウはうなずくとロブソンを見やった。「おまえは各人の任務を把握している。風のように動いてくれ」

53

アリゾナ州北部、グランド・キャニオン国立公園

モーガン・マニングはグランド・キャニオンの崖の際にたたずみ、谷のむこうを眺めていた。あまりに壮大で、すべてを囲繞《いにょう》する景観には表現する言葉が見つからない。息をするのも忘れると言って過言ではなかった。陶然とした心地で、一一時間の旅の疲れも一瞬で吹き飛んでいた。

オースチン、ザバーラ、ポールはそのかたわらにいたが、ガメーはすこし離れた場所で崖から下を覗きこんでいた。

「信じられない」とモーガンが言った。「自分がこんなにちっぽけで取るに足りない存在に思えたのは初めて」

「ここは人にそう思わせるものがあるのよ」とガメーが言った。

モーガンは気を取りなおしてオースチンを見た。「ここでこの件に幕を引く手伝いをさせてくれてありがとう。クロス教授が拉致されてほんとに悔しかった。バーロウが教授をここに連れてくることを祈るばかりよ」

「バーロウもそこまで馬鹿じゃない」とオースチンは言った。「ここで見つけようとしている宝の価値を見極めるには教授の力が必要だ」

「むこうより先に、どうやってその洞窟を見つけるつもり？」とガメーが訊ねた。

「ハイアラムとマックスが、ＦＢＩの古い写真の詳細といまの地形を照合した」とオースチンは答えた。「相当離れた峡谷の奥地だが、古道で通じている」

「じゃあ、何をぐずぐずしてるの？」

「許可を待ってる」とオースチンは答えた。「その洞窟は国立公園の境界の外側で、ナヴァホ族の土地にある。聖地ということもありうる。立ち入るには正当な許可が要るんだ」

オースチンが話しているうちに、未舗装路を古いシボレーのピックアップが走ってきた。塗装が褪せて荷台に錆が広がっているが、エンジン音には力強さがあった。

トラックが停まって運転席側のドアが開いた。降りてきたのは漆黒の髪をポニーテイルに束ねたナヴァホの男だった。広い肩、厚い胸板、大きな頭の持ち主で、色が落ちたジーンズにチェックのシャツを着ていた。

オースチンは前に出て男を力強く抱きしめた。「来てくれてありがとう」そして振りかえると、新たに到着した仲間を紹介した。「こちらはエディ・トーヤー。海軍からの古い友人だ」

「その〝古い〟って言葉の使い方には気をつけろよ」とエディが言った。「おれはおまえより一年若い」

オースチン同様、エディは人生の大半を自然のなかで生きてきた。ただ、オースチンの場所が海や沿岸なのにたいし、エディのほうはアリゾナとニューメキシコにまたがる高地の砂漠だった。

「何年ぶりになる?」

「八年だ」とエディは答えた。「歳月に優しくしてもらえなかったんだな、カート。ちょっとくたびれて見える」

オースチンは笑って聞き流した。「おまえは歳《とし》をとって男前が上がった。でも、あれじゃ上がるしかないしな。どうにかしてもらえるか?」

「祖父におまえの要望を話してみた」とエディが言った。「部族の責任者のひとりだ。おまえと会ってもいいと言ってるが、なぜあそこに行きたいのか、おまえの口から説明が必要だ。あらかじめ言っておくが、カート、祖父は昔ながらのやり方にこだわってる」

「おれも昔ながらのやり方が好きなんだ」とオースチンは言った。「行こう」

一行は渓谷《キャニオン》をあとに一〇マイルほど車に揺られ、深い谷間にあるナヴァホ族の小さな集落まで行った。集落の中心には木材の枠組みを漆喰《しっくい》で補強したホーガン式の建物が並んでいた。片側に柵《さく》で仕切られた牧草地があり、建物裏の囲いでは馬が数頭のんびり干し草を食んでいた。

着いて間もなく、オースチン一行は小屋《ホーガン》のひとつに案内された。屋内は広い土間になっていた。香の匂《にお》いが立ちこめ、明かりは蠟燭《ろうそく》の炎だけだった。

各人が床に腰をおろすと、エディがナヴァホの言葉で祖父に客を紹介していった。オースチンは無言で年配の男を観察した。エディと異なり、老人は複雑な模様に染められた伝統的な毛織物の装束に身を包んでいた。年齢は八十から九十とあたりをつけたが、なんとも言えなかった。その表情には叡智《えいち》が宿り、長い人生をも凌駕《りょうが》する深い見識が感じられた。

エディはオースチンに向きなおった。「祖父は歓迎すると言ってる。おまえたちがどこへ行きたいのかを知りたがってる」

オースチンはたたんだ地形図を取り出した。「ここに印をつけておきました。シルヴァー・ボックス・ラヴィーンと呼ばれる場所です。そのあたりは聖地とみなされているという話を読みました」

エディが受け取った地形図を祖父に手渡した。老人は黙ってそれを見つめた。

「シルヴァー・ボックス・ラヴィーンは、わが部族にとって聖地ではない」と老ナヴァホは言った。「聖地は別に、谷の近くに何カ所かある」

「印をつけた場所からは離れないと約束します」とオースチンは言った。

オースチンの言葉を聞いて、エディの祖父はうなずいた。「なぜそこに行きたいのだ？　宝物を探しているのか？」

オースチンは虚を突かれた。

「きみのことはエディから聞いている」エディの祖父は誇らしげに言った。「世界中で失われた財宝を発見してきたし、海軍時代にはどこの港に寄っても、そこの古の物語や伝説を調べずにはいられなかったそうだな」

「お孫さんの説明は的確です」とオースチンは認めた。

老人は微笑した。「古の物語には私も興味がある。われわれのこの土地にも、財宝に関する噂がある。〝太陽の民〟とされるエジプト人のものだ。インターネットはその話題で持ちきりだ。古い新聞もだ。何年かに一度は誰かがやってきて、何かを見つけた、何かを目にしたと言いふらす。証拠があったためしはないが」

「そう聞いても驚きません」とオースチンは言った。詳しいことにはふれなかった。

「でも、私の興味はそこに埋まっているかもしれない財宝ではなく、それを求めてやってくる人間たちです」

次の質問を発したのはエディだった。「危険な連中なのか?」

「そうだ」とオースチンは答えた。「そいつらを拘束するのがわれわれの計画だ」

エディの祖父はしばし黙りこんでオースチンの言葉を吟味していた。やがて口を開くと、このときはナヴァホの言葉を使い、エディに通訳をさせた。

「きみたちがそれを求めているなら、われわれは協力するが、やつらが来ても探しものは見つからないということは知っておくべきだと言ってる」

オースチンは揺るがなかった。「やつらが現われても、われわれが先回りするかぎり、財宝は永遠に謎のままになると、ぼくは考えています」

54

アリゾナ州、ナヴァホ・ネイション、シルヴァー・ボックス・ラヴィーン

シルヴァー・ボックス・ラヴィーンの谷底は標高二五〇〇フィートで、崖の縁から一マイル近い落差があった。軟らかい岩と砂からなる峡谷は一年を通して乾燥しており、雷雲がもたらす鉄砲水以外に地表を浸食するものはない。オースチンの一行は雲ひとつない青空を見あげた。この日は嵐が来る気配はなかった。

「とにかく暑い」モーガンはそう言ってTシャツの襟ぐりを引っぱり、内側にこもった熱を逃がそうとした。「ヘリホルの民が地球を一周して、エジプトにもどったって勘違いしなかったことが不思議」

「暑いけど乾いてるから」ガメーが砂漠の住人にありがちな反応をしてみせた。

「ぼくのシャツとは意見が不一致だ」とポールが返した。

ザバーラは笑った。南西部育ちの彼はこの気候に懐かしさを感じていた。オースチンはというと、この炎熱地獄に励まされていた。とくにここ二週間の酷使による関節や筋肉の痛みを、高温が和らげてくれていたのだ。「早く洞窟を見つければ、それだけ早く日陰にはいれる。FBIの古い報告書によると、入口は道をはずれてまもなくの、南向きの壁面にある大きな割れ目だ」

一行はナヴァホの村から、二台のピックアップトラックに馬を載せたトレイラーを曳かせて峡谷のはずれまで来た。旧道に行きあたると、エディは馬に乗り換えて先導し、その後、馬たちを連れて引きかえしていった。オースチンたちは徒歩で洞窟を探しはじめた。

この作戦を実行するには、ラヴィーンでの痕跡を残さないことが肝要だった。つまりエンジン付き機材、タイヤの轍《わだち》、ヘリコプターの轟音は禁物。それ以上にバーロウのチームが到着するまえに洞窟を見つけ、内部にはいらなくてはならない。

オースチンは、峡谷の側面をジグザグに削った道を見あげた。いまでは崩れかけたラバの通り道といった程度だが、FBIの写真では、少なからぬ費用をかけて新たに掘られたという感じだった。

写真と現状の比較をするのは精密科学とはいえないが、すぐにいくつかの目印が見つかり、洞窟の入口があったはずの場所を突きとめた。そこに穴はなく、岩石と砂が積もって大きな斜面が形づくられていた。

「たぶんあの裏側に――」とザバーラが言いかけた。

「岩石崩落の」とガメーが締めくくった。

「崩落はこの百年で何度も起きてるはずだ」とポールが指摘した。「峡谷はそうやって成長し、変化している。見たところ、新たな崩落が起きそうな箇所が両側にある。気をつけよう――撃ち合いになったときには」

「バーロウを驚かせたら、銃撃戦にはまずならないわ」とモーガンが断言した。

すでに岩をよじ登っていたオースチンは、自分が山崩れを起こさないように気をつけながら頂上をめざした。上まで登りきったあたりで期待していたものが見つかった。狭い裂け目があって、そこから洞窟内の冷たい空気が噴き出していた。

「ここだ」とオースチンは告げた。

長い年月をかけて洞窟内部に岩と砂が流れこんだ。その結果、上部に穴が開き、内部に生まれた粗石の山から下に降りられるようになった。

懐中電灯の光でその先の闇を照らしてみたものの、洞窟の壁以外に目につくものはなかった。それでもかまわない。正しい場所にいることはわかっていた。

オースチンは仲間を振りかえった。「来た道を五〇ヤードもどって、足跡をすべて消してくれ。それがすんだらここに上がって、洞窟内で合流しよう」

ほかの面々がその仕事にかかると、オースチンは洞窟の入口の内側にあたる斜面を下った。下まで降り切ると、その先の虚《うつ》ろな空間に光を向けた。

足跡を残さぬように砂地を避け、固く締まった土や岩の上を歩いた。トンネルはトラックが通れるほどの幅があった。入口から離れたあたりに、実際にトラックが走ったと思われる痕跡を発見した。

トンネルの片側の乾いた泥の上にタイヤ痕が残っていた。幅の狭いシンプルな模様の轍で、それは一世紀近くまえの時代に刻まれたことを示すものだった。

そこから歩いていくと、エジプト様式の遺物に行き当たった。調度とばらばらになった二輪戦車である。そこを過ぎると洞窟内の広い空間に出た。幅も高さもオペラハウスか屋内アリーナほどのサイズがあった。

周囲に光を走らせると、岩を削り出した斜路や壇と、多層構造の建築物が姿を見せた。どの方向にも、どの階層にも、埃《ほこり》をかぶった像と奇妙な顔が置かれていた。

壁際に立つ筋肉質の身体にジャッカルの頭を載せた像は、肉体保存の神アヌビスだった。その左側でハヤブサの頭を持ち、大きな目が描かれた細身の像は、健康と防御、そして力の神ホルスを体現したものだ。さらにその先には、八体のミイラが敬意どころかなんの配慮もなく、無造作に積みあげられていた。ミイラを包んだ布は煤《すす》と埃にまみれて灰茶色に変色していた。

オースチンは洞窟の奥を照らした。洞の真ん中あたりに金箔《きんぱく》仕上げの家具、葦《あし》の籠《かご》、陶器の壺《つぼ》の山とともに、数十体の小さな彫像が見えた。雪花石膏《アラバスター》でつくられたらしい猫の像や装飾を施した財宝箱、小型のスフィンクスに囲まれ、玉座を思わせる椅子があった。

その配置はでたらめで、一切の配慮がなく性急に押しこまれた感じがした。その中央に石棺《せっかん》が、クロス教授が想像した一五基ではなく、ただ一基だけ置かれている。

オースチンは棺に近づいたが、蓋には手をふれなかった。埃が均一に付着して、さわれば手形や擦った痕跡が残ってしまう。表面に懐中電灯の光をあてて間近で見ると、ひび割れた金箔の輝きが認められた。

オースチンが目にしていたのは、まさしく考古学者たちが一九二七年に発見したものだった。グランツィーニ・ファミリーが人を殺《あや》めて隠蔽《いんぺい》した秘密そのものだ。あとはバーロウとその一味が、これを同じように発見しにくるのを待つばかりだった。

55

アリゾナ州北部、テューバシティ

テューバシティを走るトラクター・トレイラーは珍しい光景ではない。三台のほぼ同じセミトラックが隊列を組んで通過しても、眉をひそめられることはなかった。まして後ろについた4ドアのクルーキャブ・ピックアップトラックが目を惹くことはなく、こちらはパワーボートをトレイラーに積んで牽引《けんいん》していた。

テューバシティから、トラック隊は一六〇号線を西に進んだのち北に折れ、八九号線として知られる狭い二車線のハイウェイにはいった。三〇マイルも走ると、車は双方向とも一台として見当たらなくなり、トラクター・トレイラーはハイウェイを離れて未舗装路を走り、風食で表面がなめらかになった砂岩の崖の陰に消えた。

その未舗装路を駐車場代わりに、三台のトラックは散開して停止し、騒々しいエンジンを切った。

車内で一二時間をすごしたすえ、先頭のトラックから降りたソロモン・バーロウはほっとしたように脚を伸ばした。ロブソンが二台めから降車して合流し、フィードルとザンドラが三台めから出てきた。その後ろのピックアップからはオマール・カイが姿を現わした。

「ここからは別行動になる」とバーロウは言った。「全員、計画は把握しているな？」

カイがうなずいた。「部下とおれがダムに潜入し、フィードルとザンドラが外で騒ぎを起こす。われわれはダムを破壊して、対応する当局に向けてブービートラップを仕掛けたら姿を消す」

カイはうぬぼれが強い。バーロウはその成功の確率をせいぜい五〇パーセントと見ていたが、はっきり言って、ここでは陽動が奏効すればそれでよかった。カイとその手下が、活動中に撃たれようと爆破されようとかまわない。肝心なのは法執行機関の目をダムに惹きつけ、自分と不法な発掘から注意を逸《そ》らすことだった。

「いいだろう」とバーロウは言った。「それぞれの退避プランに沿って、しばらくお別れだ。いまさら裏切る、裏切られるなんてことで気を揉むのはやめよう。相手の人生を破滅させられることはおたがい承知のうえだ。一週間後に落ち合って、財産の分配をはじめたほうがいいに決まってる」

フィードルとザンドラがうなずいた。カイも同じようにした。「あんたたちふたりといっしょに行こう」とカイが言った。

三人は自信に満ちた足取りでフィードルとザンドラのピックアップトラックにもどり、車内から勢いよくドアをしめた。直後にトラックは方向を転じ、土煙を上げてハイウェイに向かった。

バーロウは三人を見送ると、残った男たちに目を向けた。「トレイラーから荷を降ろせ」

ロブソンがバーロウのトレイラーの後部扉を開き、人力でランプを固定した。部下たちとともに荷室にはいると、まもなく彼らは全地形対応車《ATV》数台に乗って現われた。各ATVの後部に基礎的な掘削装置が括《くく》りつけられている。

「ついてこい」ロブソンが叫んだ。

ロブソンはスロットルをひねって発進させ、西をめざした。あとにつづく同型のATV四台のうち三台はロブソンの仲間たちを運び、一台はここまで全員の予想をはるかに超えて協力的な特別ゲストを乗せていた。

ロブソンと部下たちが出発すると、バーロウは最後に残った面々に向きなおった。

「トラックを解体して鳥たちを離陸させろ。ぐずぐずしてる暇はない」

残る二台の荷降ろしのほうが手間のかかる作業だった。後部扉を開くのではなく、バーロウの部下たちはトラックの屋根に登り、大きなパネルのネジを緩めはじめた。

軽量のルーフパネルが取りはずされ、脇に放り投げられた。そしてトラックの開閉式側板と後部扉が地面に下ろされた。その作業が終わったトラックは花弁を開いた花を思わせた。それぞれの花の芯《しん》にあたるトレイラーの平床には、ローターをたたんだヘリコプターが鎮座していた。

ヘリコプターは、現地の観光フライトで有名なツアー業者の機と同色の塗装がされている。完璧な隠れ蓑《みの》だった。これなら峡谷の出入りを見られても問題はない。

ヘリコプターの姿が露わになると、部下たちは両機の飛行準備にかかった。ローターは展開した状態で固定された。動力系、燃料ポンプ、油圧装置が点検され、電気系統はテストによって作動が確認された。

そのチェックが終わり、バーロウは先頭のヘリコプターに乗りこんだ。操縦士がつづき、ふたりめの操縦士と予備のクルーは第二機に搭乗した。どちらのヘリコプターも貨物室は照明や発掘用装置で埋まっていたが、いずれヘリコプターに財宝を満載したら、その一切を棄てていくつもりでいた。

いったい何度峡谷を出入りする時間があるのか、はっきりわからないまでも、できればヘリコプターは砂漠に置き去りにして、トレイラー数台ぶんになるエジプトの貴重な遺物とともにアリゾナを脱出する予定だった。

バーロウはヘッドセットを耳に掛け、片手で巻くしぐさをした。「行くぞ」

ヘリコプターが出力を上げると同時に、数マイル先から無線連絡がはいった。ロブソンからだった。「旧道を見つけた。そこを通って峡谷にはいる。では谷底で」

バーロウとロブソンが発掘の準備をしていたころ、オマール・カイはペイジの街路を通過中だった。パウエル湖の西端に位置する小さな町である。

ペイジは観光の町で、夏はボート客や休暇をすごす者でひしめくが、秋は閑散としている――ただし、週末は別だ。観光地のご多分に洩れず、モーテル群にくわえて数多くのファストフード店がある。

オマール・カイは通り過ぎていく建物を観察した。大半は塗装が派手で、一部の店は巨大なプラスティック製の食品サンプルや販促目的の奇抜な看板で飾られている。一見《いちげん》の客から金を巻きあげる方法という以外、ろくな考えもなく寄せ集められたものらしい。

「いかにもアメリカだな」とカイは言った。称賛と軽蔑《けいべつ》がないまぜになった口調だった。

「実況はいいから」とザンドラが言った。「船を出せる場所を見つけてよ」

カイは急ぐつもりはなかったが、気が張り詰めるのは理解できた。部下たちがトラックの後部座席に詰めこまれているのにたいし、ザンドラとフィードルは前のベンチシートに陣取っていた。全員が外に出るのを待ちこがれていた。

標識に従って湾曲する道路を下り、両側に立ち並ぶモーテルの間を抜けると、脇道をたどって東へ進み、湖に近づける場所に出た。あたりに人影はなく、彼らはパワーボートを水中に浮かべた。

ボートに乗ったフィードルとザンドラの顔面は蒼白《そうはく》で、その特殊な姿はどうにも不似合いだった。

「これがすむまで陽灼けで死なないようにな」とカイは冗談を飛ばした。

フィードルは早くも酸化亜鉛をひと筋、鼻に塗っていた。

「こっちは平気よ」ザンドラがぴしゃりと言った。「でもダムを乗っ取る気なら、サングラスとみっともないシャツだけじゃ足りないわ」カイと部下たちは観光客風の格好をしていた。「警備員や金属探知機に止められずに、どうやって武器を持ち込むつもり？」

「銃を携行する必要はないね」とカイは言った。「なかにはいってから調達する」

ザンドラは嘘を見抜こうとするかのようにカイを凝視した。やがて納得した。「思ったほど馬鹿じゃないみたいね」

カイは押したボートが漂うのを見送った。ボートが離れていくとダムに注意を向けた。とたんに真剣な表情になった。

トラックに乗り、部下の準備ができているのを確かめた。「じゃあ、一時からのツアーに間に合うか行ってみよう」

トラックですこし移動すると、ダムのすぐ下流の峡谷に架かる橋にさしかかった。橋を渡る途中で、そのとてつもない建造物を一望することができた。

「思ったよりでかいな」と部下のひとりが言った。

カイはこれまで数多くのダムを目にしてきて、なかでも中国の数基が西洋のものより大規模だったが、それらが黒ずんでいかにも工業的であるのにくらべて、この建造物には美しさがあった。青々とした貯水、ダム本体の純白の壁面、それを支える赤褐色の砂岩の断崖《だんがい》と、色のコントラストが見事だった。ダムの下方でコロラド川を示すアクアマリンの水流までもが、さながら絵筆で描かれたように見える。

カイはそんな感慨を脇にやった。一同はビジターセンターの駐車場に乗り入れたトラックから降りた。財布と水のボトル数本だけを手に、カイと部下たちは空調の効いた建物へと進み、ツアーの料金を払った。

陽気な案内係が一行に、つぎのツアーは二〇分後にスタートしますと告げた。カイは頭で計算した。大した問題じゃない。時間はたっぷりあった。

ベンチに腰かけ、足もとのテニスシューズに手を伸ばした。慎重に紐をほどいては結びなおし、紐の先端のやけに大きな金具がしっかり固定されていることを念入りに確かめた。

56

アリゾナ州、ナヴァホ・ネイション、シルヴァー・ボックス・ラヴィーン

ＡＴＶの群れは崩れかけた九十九折《つづらお》りの道を注意深く進んだ。下り坂は油断がならず、地面は凹凸《おうとつ》があって路肩は崩落し、車輛の制御を失えば数千フィートの絶壁が待っている。ロブソンにすれば、途中でひとりの犠牲も出さずにすんだのはうれしい誤算だった。

谷底に着くと、ＡＴＶは一列縦隊の陣形をくずし、朱色の崖にはさまれた土地にはいった。道路からは東向きに出たものの、例のＦＢＩファイルからすると洞窟への入口は背後の西方向だった。

「こっちだ」とロブソンは言い、広大な出口から峡谷の上部へと引きかえした。集団で移動しながら、男たちは壁を探ってまわった。しばらくして、ロブソンはすでに行

き過ぎていると悟った。

ＡＴＶを停めてエンジンを切った。一団も追随した。「誰か洞窟が見えるか？」と問うロブソンの顔は色付きのゴーグルに半ば隠れていた。

スナイプが隣りに停車していた。「なにも」

「まったく」とガスが言い足した。

「本当にこの場所で合ってるのか？」とフィンガーズが訊いた。

「あんたはどう思う？」

フィンガーズは腰が引けた。「いや、ここらの峡谷はどれも同じに見えるなって」

ロブソンは首を振った。「おまえに訊いてるんじゃない。あいつと話してる」

最後尾のＡＴＶの運転手は、ほかから数フィート離れて停車していた。最初から運転が心もとなく、峡谷の底に下る急傾斜の道に達するまで二度も衝突事故を起こしかけた。この危険なドライブに文句を言いだすだろうとロブソンは予想していたのだが、そこに何があるかを見たいという欲望が恐怖に勝っていた。

ヘルメットを脱いだクロス教授は、頭部を覆う縮れた白髪も露《あら》わにゴーグルを上げた。顔全体が汚れ、目の周囲にだけ強い光が当たっているように見えた。

「返事を待ってるんだよ、教授」

「ああ、当然だ。そう、入口はかなり近いはずだ」と教授は正しい英語のアクセントで話した。「しかし私にはなにも……」

クロス教授は地図と古い写真を精査してきた。インターネットで入手可能な峡谷の衛星画像とも比較した。精密な科学ではないにせよ、誤差はせいぜい四分の一マイルと推定される。ここではそれ以上の範囲を探したはずだった。洞窟への入口はもう見つかっていいころなのだ。

教授がフクロウよろしく首をひねりながら壁を調べていくと、やがて答えが浮かびあがってきた。「やっぱり」と教授はにんまりした。「ツタンカーメンの地下墓所も同様に崩れた土砂に隠されていた」そして峡谷の壁から突き出た岩屑の山を指さした。「そこにちがいない。掘り進められることを願おう」

彼らは方向転換し、崩落現場まで引きかえして車を駐めた。ATVから降りたあと、岩屑の上に登ったロブソンと教授は細い隙間を見つけた。

「窮屈だな」教授は頭を突っ込んで言った。「念のため、もう少々余裕が欲しいところだ」

ロブソンが首を振った。「洞窟がちがってるか確かめるために、山全体を動かすつもりはないからな。そこからはいれ」

「わかった」教授は不意に、自分が捕虜であることを自覚した。「来るかね？」

「狭いところは好きじゃない」とロブソンは言った。「監獄で暮らせばあんたもそうなる」

教授は恭《うやうや》しくうなずいた。ポケットに手を伸ばし、照明付きのヘッドバンドを取り出した。それを頭にあて、しっかり巻きつけてから点灯させた。ふたつめのポケットから抜いた懐中電灯を手のひらにおさめた。

両手両膝をつくと、教授は這うようにして洞窟の奥へと消えていった。

ロブソンと仲間たちは外で待った。

「あいつがブービートラップで死んだらどうなる？」とフィンガーズが訊いた。

「そうなったら、正しい場所が見つかったってわかる」ロブソンは冗談めかして言った。「ちがうか？」

「でも死んだかどうかは、おれたちでなかにはいってみないとわからないぞ」とガスが指摘した。

「落ち着け」ロブソンは言った。「仕掛けてから二〇〇〇年経っても作動する罠なんて聞いたことがあるか？　だいたい罠があるにしたって、そいつは一〇〇〇年まえにここを見つけた考古学者たちを殺してるはずだ。もう黙ってろ、いちいちうるさい」

ＡＴＶのエンジンが切られ、男たちが口をつぐむと、ロブソンも峡谷の完全なる静寂に気づいた。動くと砂が筋となって岩山を滑り落ちる音がして、トカゲが五〇ヤード離れた藪《やぶ》を走りまわる気配が伝わってきた。

静けさのせいか時間は遅々として進まなかった。しびれを切らしたロブソンは懐中電灯をつかみ、そのスイッチを入れて開口部まで移動した。なかにはいろうとすると、クロス教授のにやけ面が入口に現われた。

「全部ここにある」教授は有頂天だった。「すべてだ。見つけたいと望むものがすべてある」

57

バーロウのヘリコプターが着陸するころには、ロブソンとその一味はすでに岩屑を三〇分掘りつづけていた。山がすっかり消えたわけではないが、シャベルやバール、それにATVにつないだチェーンを使って大ぶりの岩を引き出すことで、上部の数フィートぶんを取り除くことができた。高さ四フィートの開口部の頂点が掘り出され、いまや洞窟に至る斜面はかなり平坦になっていた。それこそ内部に通じる未舗装のランプウェイといった趣きだった。

「上出来だ」とバーロウは進捗《しんちょく》ぶりを見て言った。「全部を出し入れするのにあのスペースが必要になる」

「あと二〇分あれば、こいつを高速の入口ランプみたいにできる」とロブソンが言った。

バーロウはそこまで待つ気がなかった。「残りは手下にやらせろ。おまえと教授の手で、発見したものを見せてもらおう」

ロブソンはシャベルを置き、フィンガーズとガス、スナイプに作業をつづけるよう命じた。それから暗い洞窟にはいる覚悟を決めた。

バーロウはヘリコプターに同乗してきた部下たちに口笛を吹いた。「全部降ろせ。照明は至急、クローラーもそのあと必要だ」

二基の照明には高出力のLED電球が多数装着されていた。いずれも強力なリチウムイオンバッテリーを電源とし、洞窟の内部をスタジアムのように照らすことができる。

クローラーとは電動無限軌道を装備した特殊な手押し車だった。この器具は重量数千ポンドを運搬でき、とくに重い物品を運び出すのに使われる。

荷下ろしが開始されると、バーロウとロブソンは洞窟に向かった。ランプを登り、クロス教授の先導で内部にはいった。

三人は内側の斜面を下り、暗いトンネルを移動しはじめた。目は峡谷の明るさに馴れていたため、懐中電灯で照らしたものしか見えなかった。

「洞窟の内部はまっ平らだな」バーロウは足もとの滑らかさに気づいて言った。

「驚くにはあたらない」とクロス教授が言った。「エジプト人はすばらしいエンジニアだった」

ロブソンはしきりに入口を振りかえっていた。「ほんとにおれが必要か？」

「いいから歩け」とバーロウは命令した。

さらに進んでいくと、小さな彫像が一列、壁に立てかけられているのが見つかった。その後ろにあったのは、ばらばらになった戦車数台の部品である。そのそばに山のような調度品や装飾品もあった。

「もっとあっていいはずだ」とバーロウは念を押した。

「もちろんだとも」教授が言った。「これは冥界《めいかい》への土産《みやげ》にすぎない。財宝はこっちだ」

乱暴に積みあげられた調度品の脇を進むと、三人は大きな広間に出た。懐中電灯二個の弱い明かりしかなくても、バーロウはその部屋が装飾的な彫刻や実物大の彫像、工芸品、ミイラで占められているのを見て取った。中央に石棺を見つけた。

彼は到着した部下たちに照明を設置させた。「そことそこだ」と間隔を大きくあけて二カ所を指さした。「早くしろ。華々しく輝くところを見たい」

男たちは移動式の投光照明を手早く配置した。スイッチが入れられると、一個また一個と強力なＬＥＤが点灯していった。各装置の電球は向きに多少のばらつきがあったが、大半は上と外に向けられ、壁と天井にあたって間接的に遺物を照らしていた。

洞窟の各所が照らされるにつれ、さらに財宝が姿を現わした。一角から一角へと視線を移しながら、バーロウは笑いをこらえ切れなくなった。まさかこれほどとは思ってもみなかった。持ってきたトラクター・トレイラーでは半分も運べないだろう。選《え》りすぐらなければならない。王族の品が最も貴重だと知るバーロウは、部屋の中央にある石棺に目を奪われていた。

バーロウはクロス教授を見た。「ここに埋葬されたファラオは一五人はいると言ったな」

「この近辺にはそれ以上いると私は確信している。われわれは洞窟のごく一部を探索したにすぎない」

バーロウはうなずき、クロス教授を従えて石棺に向かった。

ふたりがそちらに進みだすと、ロブソンはあらぬほうに視線をやった。灯された照明と広々とした空間のおかげで、閉所恐怖も忘れて富の分け前を思い描きはじめたのである。

周囲を見まわして全貌をつかもうとするうち、ロブソンはファラオの財宝らしからぬものに目を留めた。ロブソンは二度瞬《まばた》きして、それが影のいたずらでも空想の産物でもないことを確かめた。

　洞窟の奥の一角の、滑らかな斜路のはずれにある壇上に、埃をかぶった年代物の自動車があった。マシンは長く流麗なフードを持ち、優美な曲線を描くフェンダーがマルチスポークタイプの車輪を覆っていた。踏み板が車の側面を飾り、前方に突き出た二個のヘッドライトがラジエーターの前で目立つ。見たところ保存状態は良好だった。タイヤもさすがに経年を感じさせたが、まだ空気がはいっていた。

　ロブソンは車のほうへ歩きだし、壇までつづく斜路を登った。近づくにつれ、さらに細部が明らかになった。このマシンは二人乗りのコンヴァーティブルで、幌《ほろ》はたたまれ、簡素な平面の風防が車室の前に立っている。かつて車体にかぶせられていたらしい防水布がはずれ、いまは地面に落ちていた。車体は埃に覆われていたものの、光沢のある黒に塗装されているのがわかった。

　斜路の最上部で足を止めると、ロブソンはほかの者たちを振りかえることなく言った。「ファラオは車を持ってたのか？」

　全員の目がロブソンと自動車を向いた。

「おそらくグランツィーニの人間がここに置いていったのだろう」と教授が言った。

「あるいは考古学者の誰かが」

ロブソンは車室を覗きこんだ。木製のステアリング、金属製の計器パネルが設えられ、バッジには〈KISSEL《キッセル》〉とあった。聞いたことはなかったが、メーカーかモデルの名だろうと推測した。

見れば見るほど、これは考古学者が乗るような車ではないという確信が深まった。グランツィーニ・ファミリーの所有にちがいないと思ったが、密輸業者がなぜ洞窟に放置していったのか。そもそも、この高級自動車で砂漠の峡谷に乗りつける理由がわからない。

手を伸ばしてステアリングにふれてみて、計器パネルに札がついていることに気づいた。指で埃を払うと刻まれた文字が見えてきた。〈C・B・デミル所有〉と読めた。その名前に聞き憶えはあったが、ロブソンにはしかと思いだせなかった。

一方、洞窟の中央ではバーロウとクロス教授が棺の脇にしゃがみ、発見したものを観察していた。

クロス教授は埃を拭き取り、顔面の部分に塗られた青と金色の筋を見つめた。塗料はひび割れ、褪せている。蓋にふれ、さらに土を擦り落とすと感触がつかめるようになった。指で軽く叩いた。

「木製のようだ」と教授は言った。「通常、外棺は石、内側の柩《ひつぎ》は黄金でつくられるが、おそらく石では重すぎて、ここまで運べなかったのだろう」

「肝心なのは黄金のデスマスクと死体だ」とバーロウが言った。「ファラオのミイラを個人コレクションにくわえるのに人がいくら払うかわかるか？　あけるぞ」

ふたりの男は継ぎ目を見つけて隙間に指を押しこんだ。そこを持って、蓋を数インチずつ上げていった。蓋はあっさり動き、意外に軽く感じられた。本体から外れたところでバーロウが押しやると、裏返った蓋が地面を叩いて耳ざわりな音をたてた。

バーロウはすかさず目当てを探した。だが見つかったのは黄金の柩でも、ミイラ化したファラオでもなく、まったくの別物だった。

石棺に横たわっていたのはカート・オースチンだった。オースチンは会心の笑みを浮かべ、握った四五口径の拳銃をまっすぐバーロウの眉間《みけん》に向けていた。

バーロウとクロス教授は凍りついた。

「オースチン？」バーロウは口ごもった。「どういうことだ……死んだはずでは」

「まあな」とオースチンは応じた。「でも冥界の神オシリスは古い友人でね。あんたの企《たくら》みを話したら、オリシスはこっちの予約をキャンセルして、それを阻むように送りかえしてくれたのさ」

58

ヴィンテージカーのかたわらにいたロブソンは、洞窟の中央で進行中の事態を把握していなかった。バーロウと教授は両手を上げ、何かをつぶやいたあとに膝をついた。儀式か祈禱《きとう》でもやっているのかと思った。

状況をつかみかねているうちに、古い車の陰で口笛が鳴った。

とっさに振り向いたロブソンは、ジョー・ザバーラと面と向かっていた。ザバーラは短銃身のMP7サブマシンガンを両手で構えていた。

「床に伏せろ」とザバーラは言った。「両手は頭の上だ」

ほかにどうすることもできず、ロブソンは洞窟の中央を見やりながら身を横たえた。バーロウとクロス教授も同じような扱いを受けていた。言い逃れようのない現場を取り押さえられたのだ。

一味のリーダーたちが捕らえられ、照明を運びこんだ男たちはパニックに陥った。

銃を目にすると事情を察して駆けだした。

出口にいちばん近くにいた男が半分までしか引きかえせないうちに、女が——ロブソンの知るモーガン・マニングがアヌビス像の陰から現われ、古代の棍棒《こんぼう》のようなもので男の上腹部を打ちすえた。木製の柄が砕けて四散したが、その衝撃で男は地面に転がった。

倒れて腹を押さえる男にたいし、モーガンは九ミリ拳銃を取り出した。逃亡の望みは断たれたと観念してもうひとりが降伏し、膝をついて両手を頭の後ろで組んだ。洞窟の中央で、オースチンは立ちあがった。作戦は上首尾だった。コルトをバーロウに向けたまま石棺を出て、男が何か仕掛けてくるのを待ちかまえた。

ところが、口を切ったのはクロス教授だった。「ありがとう」と言って立ちあがろうとした。「助けてくれて感謝する。いかに忌《い》まわしい状況だったか、きみにはわかるまい。それはなんとも——」

オースチンは教授を睨んだ。「そのままだ、教授。まだ話はすんでない」

「理解できない」

「こっちはできてる」とオースチンは言った。「さあ、地面に伏せて。あなたは選ぶチームを間違えた」

教授は深く傷ついた様子で腹這いになったが、それ以上抗議はしなかった。

オースチンは相棒に叫んだ。「ジョー？」

ザバーラの叫びかえす声が谺した。「こっちは先手を取った」

モーガンがつづいた。「このふたりも逃げられない」

「ポール？　ガメー？」とオースチンは呼びかけた。「捕虜の確保を」

洞窟の別の一角から、ポールとガメーが姿を見せた。夫妻はまずモーガンのところへ向かった。モーガンが見張っている間に、ポールがふたりの捕虜の手を結束バンドで縛り、ガメーが口をダクトテープで封じた。

「次はバーロウと教授だ」とオースチンは言った。

「了解」とガメーが言った。

彼女とポールは洞窟の中央へ向かったが、そこにけたたましいエンジン音を響かせながら、一台のATVが突っ込んできた。

モーガンは振り向いて撃とうとしたが、轢《ひ》かれずに飛びすさるだけで精一杯だった。ポールとガメーもとっさに避けると、運転手は彼らの横を通過し、秘蔵された財宝に――そしてオースチン、バーロウ、クロス教授に向かって突進していった。

オースチンに選択の余地はなかった。拳銃を構えて二発放つと、一発めで男をマシンから弾き落とし、二発めで右の前輪を撃ち抜いた。

タイヤが破裂し、斜めにスピンしたATVは壁にぶつかって横転した。オースチンはやむなく棺の後ろに飛び込んだが、着地すると同時にATVが棺の側面に激突し、塗装された木片と粉塵《ふんじん》を宙に飛び散らせた。

オースチンは転がって難を逃れると、すばやく立ちあがった。見ればクロス教授が洞窟の奥へ駆けていき、バーロウはオースチンにスナブノーズの拳銃を向けていた。

オースチンとバーロウは発砲し、たがいに身をかわしてもう一度撃った。どちらも命中しなかったが、壊れたATVを弾除けにしたバーロウのほうが有利な立場にいた。オースチンを護るのは、破損した棺の薄い木の殻だけだった。


壇上のヴィンテージカーのそばで、ザバーラはオースチンが危険な状況にあるのを認めた。彼はバーロウに向けて発砲し、攻撃をやめて避難するように仕向けた。

その選択はザバーラの捕虜に行動するチャンスをあたえた。監視がゆるんだ隙にロブソンは身を翻《ひるがえ》し、抜いた自身の拳銃でザバーラを狙撃した。

ザバーラは〈キッセル〉の陰に身を伏せ、弾がエンジンブロックの金属に当たる音を聞いた。銃撃がやんだ隙に車の下を覗くと、ロブソンが反対方向に走っていくのが見えた。

跳ね起きるなり、ザバーラはロブソンを撃ったが、銃弾は空《むな》しく岩壁に当たり、ロブソンは洞窟の一角に逃げこんだ。

ポールとガメーが斜路を駆けあがり、古い車の後ろにいたザバーラと合流した。

「やつらは全員、洞窟の奥へ行った」とザバーラは声を張りあげた。「こっちの罠に掛かった」

その言葉を発するやいなや、正面から銃弾の洗礼を浴びた。ロブソンのロンドン時代の不良仲間が加勢にくわわったのだ。

ガメーが首を振った。「これって話がちがうんじゃない?」

戦闘はにわかに四手に分かれての十字砲火と化した。バーロウとロブソンの援軍が入口を占め、オースチンとモーガンは中央付近で身を隠し、ザバーラとトラウト夫妻が反対側のヴィンテージカー〈キッセル〉を楯にして、バーロウ、ロブソン、クロス教授は洞窟の奥に追い込まれている。

一瞬、乱れ撃ちがつづいたが、全員の弾薬に限りがあるうえ、それを撃ちつくそうという者もおらず、銃撃戦はやがて膠着《こうちゃく》状態に陥った。

銃声がやみ、バーロウの声が洞窟の奥から響いた。「早まったな、オースチン!

われわれが全員、洞窟にはいるまで待つべきだった」

「できたら、そうしたかった」オースチンは叫びかえした。「石棺の蓋が開いた以上、ああするしかなかった。そっちの顔を拝めただけでも甲斐《かい》があった」

「笑っていられるのもここまでだ」バーロウはなおも言った。「チャンスがあるときに撃つべきだったな。引き金をひかなかったミスをいまに後悔するぞ」

「いいか。おまえの過ちはこっちより高くつく。おまえと教授は逃げる方向を間違った。そこで罠にはまった。こっちは一日でも救援を待ってられるが、そっちは早くここから出ないと帰りのバスに乗り遅れる」

オースチンもジレンマに直面していた。洞窟の奥深くから無線を送ることはできない。信号は周囲の岩にさえぎられ、吸収される。バーロウがそこに気づいたかはともかく、自分のほうからそれを指摘するつもりはなかった。

「助けを待つだと?」バーロウは笑いだした。悪意のこもった本物の笑いだった。

「しかし驚いたよ、オースチン、そこは認める。だが今度はこっちが驚かせてやる。援軍は来ない。残念ながら、連中は多忙だ」

59

アリゾナ州、グレン・キャニオン・ダム

グレン・キャニオン・ダムの見学ツアーにはオマール・カイも若干興味をそそられたが、ここに来たのは観光目的ではない。

セキュリティ検査を何事もなく通過すると、カイと部下たちはさりげなくグループのほかの面々に混じって歩いた。ユタ州の退職者や、アリゾナ州の工学部の学生数人、ラスベガスですでにフーヴァーダムを見てきた日本人観光客らである。

ダムの上端をしばらく歩いた後、大きなエレベーターに乗り、構造物の最下部まで五五八フィート下った。そこでエレベーターを降りると、ふたたび外に出た。短い屋外通路と芝地を横切り、発電所に到着した。

片側の窓から見えるのは、広大なユタとニューメキシコ、アリゾナの各州に電力を

供給する大型タービンである。奥にガラス張りの制御室があり、なかではコンピュータの画面が明滅し、ふたりのエンジニアが取水量、タービンの速度、発電量を調節していた。

なにげなく周囲を見回し、カイは制御室のそばに武装した警備員がひとり、そして奥の壁際にふたりめの警備員が立っているのに目を留めた。

部下にうなずき、了解の合図を確認すると、しゃがんでスニーカーの紐をもう一度、結びにかかった。紐を緩めて結びなおしながら、先端から細長い金属片を引っぱり出し、手のひらに包んで立ちあがった。そして水のボトルの蓋をひねり、ひと口飲んでから小さな金属片をボトルに入れた。

靴紐《くつひも》のキャップは普通のアルミ片に見えたが、じつはリチウムとセシウムという異例の混合物で出来ていた。このふたつの金属は水にふれると激しく反応する。即時爆発を防ぐため、およそ三〇秒で溶ける塗料でコーティングされていた。

蓋を締めなおすと、カイは青いリサイクル箱まで歩いていき、無造作にボトルを放りこんだ。ツアーグループのほうにもどり、頭のなかでカウントをはじめた。きっかり三〇秒で、ボトルは雷鳴さながらの音声《おんじょう》を発して爆発した。

爆風は騒々しさが破壊力にまさっていた。紙やプラスティック、リサイクル箱の破片が八方に飛び散り、灰色の煙が部屋じゅうに立ちこめた。

ツアー客の一部は立ちすくみ、床に伏せる者もいれば走りだす者もいた。警備員はたじろぎながら爆発箇所のほうを向いた。事情を覚らせるまえに、カイと部下たちは襲いかかっていた。

制御室の扉付近にいた警備員がカイの標的だった。男の股間《こかん》に膝蹴りを食らわせ、地面に倒した。つづいて後頭部に一撃をくわえると、その痛烈さに警備員は気を失った。

ふたりめの警備員はもっと手間がかかった。どうにかホルスターから銃を取り出し、いまはカイの手下と格闘していた。乱闘のさなか二発の銃弾が放たれたが、いずれも命中することなく天井を突き破った。

「倒せ！」とカイは叫んだ。

すでに部下たちが優勢に立っていた。引ったくった拳銃で殴り、警備員を服従させた。

人質事件に発展しそうだと見て取り、ツアー客が逃げはじめた。カイはひとりめの警備員から奪った銃を彼らの頭上に向け、一度引き金を絞った。「全員、床に伏せろ！」

銃声は務めを果たした。逃げようとした者はその場に凍りついた。あとの者は身をかばった。部屋は静かになった。

「それでいい」とカイは言った。「見張っていろ」

部下たちが散らばると、カイは制御室の扉に向かった。把手《とって》を試そうともせずに拳銃でガラスを叩き、ふたりのエンジニアの注意を惹いた。「ドアをあけろ」

男女のエンジニアが顔を見合わせた。女のほうが首を横に振った。

カイは血まみれの警備員を抱えあげると拳銃を頭に突きつけた。「二度は言わない」

女はしぶしぶボタンを押した。ドアのブザーが鳴り、カイは強引に通り抜けた。

「いい選択だ」

「何をするつもり？」女が訊いた。

「心配するな。べつに人を殺しにきたわけじゃない。われわれは……エコ戦士だ」とカイは口をすべらせた。「すこしばかり破壊活動をして、ダムを何カ月か動作不能にするためにきた。もちろん、全部吹き飛ばしたいのは山々だが、言うは易く行なうは難し。そうだろう？」

女性は途方に暮れていた。

「そこで物は相談だ」とカイは言った。「蛇口をひとつ残らずひねって峡谷に出水させるのを手伝ってくれたら、この制御室をあんたたちの血で汚しはしない」

「それだけですか？」

「それが私の役回りだ。いいな？」

警備員の拳銃を背中に向けられ、女性とそのパートナーは水門を開きはじめた。ひとつ、またひとつと発電所のタービンがフル回転していった。

「バイパス水路もだ」とカイは要求した。

エンジニアたちは言われるまま迂回《うかい》トンネルをすべて開き、グレン・キャニオン・ダムの背後にあるパウエル湖の水をダムとそのタービンの周囲に流し、その先のコロラド川に放出した。

数分後に水圧の急変《サージ》が最大限度に達した。その時点で、分水路トンネルから噴き出していた水は毎秒五万立方フィート。カイはその効果をコンピュータ画面で確かめ、制御室で体感した。建物が微弱な周期的エネルギーに振動しはじめたのだ。

「ありがとう。さあ部屋を出ていってくれ、神経ガスを充満させる」

「えっ？」

エンジニアたちは冗談を言っているのかと視線を向けたが、カイが拳銃を構えるとあわてて扉に向かい、おたがいをはね飛ばしそうになった。

エンジニアたちが逃げていくと、カイの部下がひとり入室してきた。この男も専用の水のボトルと靴紐の金属片を携行していた。ボトルを制御盤に置いて蓋を脇に放り、金属片をなかに落とした。この金属片は別の化学物質でできており、水にたいする反応も異なる。

「よし」とカイは言った。「行こう」

カイと仲間は部屋を出て扉を封じた。退室して数秒後、ボトル内の水が泡立ちはじめた。まもなくボトルから緑がかったガスが吐き出され、魔女の薬のごとく部屋じゅうに広がった。

「Q5神経ガスだ」カイは人質たちに告げた。「そこにはいった者は死ぬ。ドアをあけたら全員死ぬ。わかったか？」

グループの半分がうなずいた。悪くない。

「日本人観光客はどうします？」カイの部下のひとりが訊いた。

カイは制御室を振りかえった。ゆっくりと緑の霧で満たされつつあった。「とくに通訳するまでもないだろう」

誰もがふるえあがるなか、カイは出口を探した。警備員から奪ったカードキーを使い、封鎖された扉のひとつを解除してそこを通り抜けた。屋外通路を横切り、ふたたびダムの内部にはいった。

「この計画の第一部は機能してる」とカイは得意げに言った。「あのテクノギークたちが第二部を処理してくれることを願おう」

パウエル湖上に出たザンドラとフィードルは、双眼鏡でグレン・キャニオン・ダムを観察し、水門が開かれた形跡を探した。ダムの背後で急流や渦が発生したり、滝のような轟音とともに、大量の液体が二本の取水管に吸いこまれたりするのを期待していた。しかし、半マイル先からは何の変化の兆候も見られなかった。

「きっとしくじったんだ」とフィードルが言った。「それか捕まったか。やっぱり匿名のままがよかった。ここから逃げよう」

ザンドラは弟を無視した。渦の兆しはおろか水が急速に動く様子もなかったが、反対側から細かい霧のベールが浮かびあがるのが目にはいった。午後の光を受け、うっすらと虹をつくりだしている。

「水は流れてる」

ザンドラが焦点を変えると、ダムに向かって走る車の列が見つかった。点滅する赤と青のライトが天井に載っている。ダム本体に乗りつけると、彼らは観光客や従業員を建物から追い出しはじめた。

「しくじってなんかない」とザンドラは双眼鏡を下ろして言った。「警官がダムに群がってるわ。あわててみんなを避難させようとしてる。攻撃の時間よ。こっちのインパクトをもっと強くしてやる」

フィードルは相変わらず不安そうにしていた。「でも急がないと」

ふたりは船尾に移動し、防水シートの索を緩めた。シートを脇に引くと、二台の遠隔操作探査機《ROV》が現われた。この水中機器は魚雷のような形で濃いグレイに塗られている。一台めを持ちあげて水中に投下すると、ザンドラは爆薬が点々と配置されたロープを船尾に取り付けた。

二機のＲＯＶは小型のタグボートさながらに働き、それぞれの荷を曳いてダムのそばで放つ。あとはダムの内部と周辺の流れが引き継ぎ、爆薬をダムの壁に接触させ、水雷のごとく炸裂《さくれつ》させることになる。

ランダムな間隔で爆発が起きるため、当局は態勢をととのえられない。爆薬が漂うことによる遅れで、彼女とフィードルは悠々と逃げる時間が稼げる。

フィードルはラップトップを立ちあげ、一台めのＲＯＶをダムに向かわせた。小型船は三〇フィートほど潜り、視界から消えていった。

「ROV1、航行中」とフィードルは言った。

ザンドラは二台めのROVに貨物を取り付けた。選んだ爆薬の組み合わせは入手可能ななかではきわめて強力で、それぞれ四〇ポンドの分量でTNT火薬五〇〇ポンド相当の威力を発揮する。コンクリートダムに実質的なダメージをあたえることはなくても、それだけの衝撃があれば当局は総力を挙げて対応せざるを得ない。

「爆薬をセットした」ザンドラは弟に言った。「二号機を発進させて」

フィードルはROV1を自動操縦にすると兄弟機を制御した。それから数分にわたって交互に切り換えながら、一号機、二号機を操作した。その間にザンドラはパワーボートを湖の中心から遠ざけていった。

「ROV1、ダムに接近中」とフィードルは言った。「右方向、ビジターセンターのそばに連れていく。そこなら意外性もショックも最大になるはずだ」

「名案ね」とザンドラは応じた。

「最初の貨物をリリース」

そこからフィードルはROV1に指示してダムの前面を横切らせ、約一〇〇フィートごとに爆薬を放っていく。

「第二の貨物をリリース」とフィードルは告げた。そして一分後には、「第三の貨物をリリース。ROV1を湖底に送る」

計画ではROVを回収するのではなく、沈泥中に廃棄することになっている。フィードルは機械が発見されることを望まなかった。

「急いで」ザンドラが言った。「殺戮《さつりく》がはじまるまえにドックにもどって、この場所からおさらばしたい」

フィードルはROV1を真っ逆さまに急降下させ、ROV2の操作に移った。すると切り換えと同時に雷鳴のような爆発音がパウエル湖に響きわたった。顔を上げると、グレン・キャニオン・ダムの右岸で間欠泉のように水が噴出しているのが見えた。それは観測用の土手道の一〇〇フィート上方まで立ちのぼり、広がってから勢いよく落下して、ダムの上部と警察官、回転灯を点滅させる車輛を水浸しにした。

霧を透かし見ることはできなかったが、フィードルは警察が逃げ惑って車を置き去りにする姿を想像した。

最初の爆発による水が引くとすぐに第二の水雷が弾け、すこしして第三の爆発がつづいた。最後の爆風に噴きあげられた水が何より壮観だった。中心部は暗く、沈殿物で満たされているのに、周縁部は白く泡立っていた。まるでダムの側面で爆雷が炸裂したかのようだ。

　フィードルもザンドラも水の塔に目を丸くしたが、別々の理由からだった。

「きれいだ」とフィードルはくすくす笑った。

「早すぎる」とザンドラは言った。「爆薬を放した場所がダムに近すぎたわ」

「そんなことない」とフィードルは言い張った。

「じゃあ、なぜこんなに早くぶつかるの？」

「きっと開いた水門からの流れのせいだ」とフィードルは説明した。

「次の三つで同じミスはしないで」

　フィードルは不服そうな顔をした。「仕事のやり方は心得てるよ」

　画面に目をもどすと、フィードルはＲＯＶ２にダムから遠ざかる針路を指示した。驚いたことに機械は反応しなかった。スロットルをフルパワーにしても、ＲＯＶは後ろに動く。やがて問題に気づいた。「ＲＯＶ２が流れに巻き込まれてる」

　ＲＯＶを横に誘導しようと試み、それから一八〇度逆向きに変えてみたが、どちらの操作も効果はなかった。ＲＯＶは開いた水門のひとつに接近しすぎていた。

「脱出させて」

「無理だよ」とフィードルは答えた。「取水塔に吸いこまれる」

「しっかりして！」

「もうだめだ」とフィードルは自棄《やけ》になって言った。

もう一度深度と方向を変えようとしたが、そこでROVは消えた。

大量の水を呑むバイパス水路に引きこまれたのだ。

発電用の二本のトンネルとは異なり、バイパストンネルは単純にダムの片側から反対側へ、なるべく多くの水を移すために設計されている。内部の勾配は急で、パイプラインは下向きにダムを通過した後、横に逸れる。途中で減速を余儀なくさせるタービンはない。その経路に沿って水はダムの一部を貫通して回りこみ、砂岩の崖の端から出て下降し、発電所を通り過ぎたあとはダムの反対側で川にもどされる。

バイパス水路にはいると、水は急激に加速し、ねじれながら下降していった。この螺旋《らせん》状の動作のおかげで、ROVと爆薬が壁に衝突することはなかった——水底に達するまでは。

そこでROVは、水流を低速に抑えるために設計されたバッフルにぶつかった。三つの爆薬がわずかな時間差で接触し、ほぼ同時に起爆した。立てつづけに弾けたことで、それぞれ直前の爆発の効果が拡大され、全体の破壊力を増幅させた。

トンネルは完全に水で満たされていたため、爆発の力はすべて周囲の壁に伝達された。築六〇年のトンネルはそこまでの力に耐える任を果たせない。壁はひび割れ、亀裂が生じ、高圧の水がその先の崖に達して砂岩はたちまち浸食されはじめた。

水は岩盤の小さな孔《あな》を残らず通り抜け、微細な亀裂を残らず見つけては広げていった。ダムはこれまで周辺の砂岩から水を取りこんでいた。それもまた多孔質の岩盤中にコンクリート構造物を建設することの皮肉だが、ここからは内水の氾濫《はんらん》に見舞われることになる。

ビジターセンターの一角から、水力事業の責任者は外で発生した水蒸気爆発を恐怖のまなざしで見つめていた。唸りとともにさらに深い衝撃がダムを揺るがすなか、電話を手に取った。

「国土安全保障長官を呼んでくれ。グレン・キャニオン・ダムがテロ攻撃を受けている」

60

アリゾナ州、ナヴァホ・ネイション、シルヴァー・ボックス・ラヴィーン、宝の洞窟

　オースチンはグレン・キャニオン・ダムが攻撃を受けたことも、管理者が国土安全保障長官に電話をかけたことも知らなかった。まして、それがどれほど迅速《じんそく》に抜かりなく行動を引き起こすかを知るはずもなかった。

　メッセージがワシントンに届いて数分以内に、FBI、アリゾナ州兵、ココニーノ郡保安官事務所に指令が出された――そして国土安全保障長官にとっては信じがたい幸運だったが、ダムから空路わずか三〇分のフラッグスタッフにあるキャンプ・ナヴァホで待ちわびていたアーミー・レンジャーの二〇名からなる対テロ部隊にも。

　部隊はすでに警戒態勢にはいり、武装して出動準備をととのえたブラックホークで待機していた。通報から六〇秒もしないうちに飛び立ち、ダムへと急行した結果、オ

ースチンと仲間たちは独力で切り抜けなければならなくなった。

モーガンが状況を整理した。「バーロウがブラフをかけてるんじゃなければ、長い午後になるわ」

彼女とオースチンは洞窟の床から突き出た岩の陰で身体を丸めていた。傾斜した砂岩の出っ張りは高さ三フィート、幅四フィートしかない。ふたりはその後ろで、背中合わせに座っていた。

オースチンはバーロウを銃撃できないかと洞窟の奥をうかがい、モーガンのほうは外からつづくトンネルを、バーロウとロブソンの部下たちが突入してこないことを願いながら見張っていた。

遮蔽物《しゃへいぶつ》がほとんどなく、両側に敵がいるとあって、ふたりは誰よりも危険な立場にあった。

「ブラフじゃないだろう」とオースチンは言った。「自分たちでやるしかないな」

その最初のステップは舌戦を仕掛けることだった。オースチンは顔の向きを変えながら叫んだ。「牢獄《ろうごく》のない人生を長く送りたい者は、いますぐここから逃げるといい。われわれが欲しいのはバーロウだけだ。あとの者は丘に向かえ、止めはしないから」

次の叫び声は洞窟のむこうから聞こえた。ロブソンだった。「逃げだすような呆《あき》れた野郎は、おれがここを出たらこの手で殺してやる」

沈黙がつづいた。

「出口に殺到する足音がしない」とモーガンが言った。

「慎重な退却もない」とオースチンは言った。「連中に不安を植えつける方法が要るな」

「明かりを消すのはどう？　わたしたちの姿が見えなければ、どこにいるのかもわからない」

「こっちもむこうが見えなくなるのは承知のうえで？」

「わたしたちはもう何時間もここにいる。むこうはまぶしく照らされた外の峡谷からやってきたばかり。しばらくは緑色の斑点《はんてん》以外、ろくに見えないわ」

モーガンは重心を移して岩にもたれかかると、つづけざまに三発撃った。九ミリ口径のベレッタの弾丸が、南側の壁際に置かれた移動式照明に穴を穿った。

一発めはライトのプラスティック製カバーを突き抜けただけだったが、二発めと三発めはバッテリーパックと輝度の調節つまみを直撃した。照明は燃えあがって消えた。

「ひとつ片づいて、残るはひとつ」とモーガンは言った。

オースチンはその無謀さにも一理あると考えた。そしてほかに頼れる妙案もなく、この流れに乗ることにした。「いい狙いだ。掩護《えんご》してくれ」

モーガンは正面に向かって発砲し、バーロウの部下たちを牽制《けんせい》した。そこから照準を後方に振り、バーロウ、ロブソン、クロス教授がいる方向に撃った。

モーガンが相手を制している間に、オースチンは岩陰から二台めの照明装置を狙える位置に出た。二発撃った。コルトから放たれた一発めはケーシングに命中し、装置は倒れて停止した。二発めはバッテリーパックを貫通した。

洞窟内はほぼ闇に包まれ、残る明かりは大破したATVと捨てられた懐中電灯数個だけとなった。

「狩りをはじめるぞ」とオースチンは号令をかけた。

クロス教授は努めて平静を保っていたが、暗がりに座って脅しが行き交うのを聞くのは耐えがたかった。ここは自分の居場所ではないと痛感してロブソンの袖を引いた。

「逃げたほうがいい。暗いうちに逃げよう」

ロブソンは教授を押しやった。「手を放せ」

「きみの部下が掩護してくれる」と教授は食いさがった。「われわれが走って逃げるあいだ、彼らにオースチンとマニングを撃ってもらえばいい」

「それより、間違っておれたちを撃つんじゃないか」とロブソンは突っぱねた。「じっとしてろ」

ロブソンが相手では埒が明かないと知ると、教授はバーロウに訴えかけた。「部下に攻撃させてくれ。突進して好機をものにするよう命じるのだ」

バーロウは洞窟の奥に目を凝らした。中央で壊れたATVのヘッドライトが細く光る以外は真っ暗だった。理屈としては、教授の意見にうなずけるところもあるが、前方に突進するのは自殺行為だ。自分でやるつもりはないし、部下にやれと命令もしない。だが、教授を送り出すことはできる。

「あんたが突撃しろ」とバーロウは言った。

「なんだって?」

「そんなに攻めたいんなら、率先してやったらどうだ?」

「でも私は丸腰だ」と教授は泣きついた。「出ていったら撃たれる」

「運がよければ、弾が外れるかもしれない。でも、おれはお断わりだ」とバーロウはクロス教授に拳銃を向けた。

クロスはその場で身を固くした。胸の奥で動悸が激しくなっていた。バーロウが撃鉄を起こしたときに、もう観念した。

「行け！」バーロウが怒鳴った。

クロス教授は隠れ場所からよろめき出ると、遺物につまずき、足を踏みはずしかけた。バランスを取りもどし、そのまま部屋を進んでいった。もしモーガンと話すことができたら……

教授はまたつまずき、蒐集《しゅうしゅう》されたエジプトの工芸品に顔面から突っ込んだ。工芸品はボウリングのピンのようにまわりに転がった。

そのままヘッドランプを消して横たわった教授の頭越しに、銃撃戦がはじまった。バーロウとロブソンが一方向に撃ち、オースチンとモーガンが撃ちかえす。ほかに入口から参戦する者もいた。銃口から放たれる閃光《せんこう》は恐ろしく、洞窟内では銃声が驚くほど大きかった。

クロス教授は頭をかばいながら這うようにして脇に動き、飛び交う銃弾から逃れようとした。宝の山の奥深くへと物を押しのけ、その下をくぐり抜け、蛇のように身を滑らせて進んだ。

伏せた姿勢のアヌビスのそばで動きを止めた。すらりとしたジャッカルの身体はくつろいだ様子で、高く尖《とが》った耳が誇らしげに立っている。教授は気休めに頭を撫でたが、誤って片方の耳を折った。折れた欠片を手に取り、薄明かりの下で観察した。内側に言葉が印刷されているのに気づいた。折りたたまれ、ねじれていたが、象形文字でも古代ギリシャ語でもない。近代の英語だった。印刷は薄かったが、断言してもいい。これは古い新聞の文章だ。

「どういうことだ?」と教授はつぶやいた。アヌビスのもう片方の耳に手を伸ばすと、今度はジャッカルの首がもげた。怒りがこみあげてきた。その頭部を地面に叩きつけ、大きめの破片を拾い、中身を調べた。文字が書かれているのは新聞紙だった。その下の剝がれた石膏《せっこう》も見紛《みまが》いようがない。「張り子か?」

教授は頭が朦朧として眩暈をおぼえていた。「何かの冗談か?」

アヌビス像の残りを地面に投げつけると、衝撃で砕け散った。二体めも同じ運命に見舞われた。三体めには蹴りを入れ、胴体を足で突き破った。

破片をどけながら、宝の山をかき分けた。怒りのあまり、戦いのことも飛んでくる銃弾のことも忘れていた。物を突き飛ばし、脇に押しやったが、何百ポンドもの重さがあるはずの物品をさほどの苦労もなく動かすことができた。

どれも中身は空洞で、張り子や石膏、バルサ材やブリキでつくられていた。石で出来たものも、純金も見当たらない。

八フィートのオシリス像を押し倒し、象形文字の刻まれた板を手に取れば、それは合板をぼろぼろの化粧漆喰でコーティングしたものだった。板を投げ捨てた教授は、最新の驚くべき事物を暴き出した――高さのある三段のファイリング・キャビネットである。サム・スペードの探偵事務所によく似合いそうな代物《しろもの》だった。

クロス教授はいちばん上の把手をつかみ、一段めの引出しをレールからはずれそうな勢いで開いた。なかは請求書、指示書、メモでいっぱいだった。

二段めの引出しをあけると、綴《と》じ具付きのフォルダーの束があった。上から一冊を手に取り、最初の一枚を調べた。

その紙は真っ白だった。何が書かれていたにせよ、完全に色褪せている。ページをめくってみると、内側のページのインクはまだましな状態だった。愚かにも、教授はヘッドランプを点けていた。一言も読めないうちに銃弾が背中を貫通した。

地面に崩れ落ち、身体が灼けるような感覚に襲われた。懸命に横向きになって身を起こし、壁に背中を預けて座った。吐き出した血が口の横を伝うのを感じた。

生命力が退いていくなかで、教授は目の前の綴じられたページに視線を落とした。ランプがページ上部の見出しを照らした。そこには〈撮影台本/ファラオたちの旅/セシル・B・デミル製作〉と書かれていた。

61

ザバーラは、オースチンとモーガンが照明を撃って消していくのを見て、親友の考えをすぐさま理解した。

ガメーは面食らっていた。「どうしてライトを吹き飛ばしたりするの?」

「プレッシャーをかけてるのさ」とザバーラは言った。「誰かが折れないとはじまらないわけで、カートは出口に近い男たちに賭けてる」

ザバーラ、ポール、ガメーはここまで戦闘には参加せず、主にバーロウの部下たちがオースチンとモーガンを襲撃することがないように警戒していた。

「暗闇はわれわれの味方だ」とザバーラは言った。「攻勢に出よう」

「積極的な行動は大賛成だけど」とポールが言った。「この車の後ろから出たら、たちまち木っ端みじんにされるぞ」

「だったら、後ろからは出ない」とザバーラは言った。「車を前に押し出して盾にするんだ」

「運転する人が必要になるわ」とガメーが言った。

「乗ってくれ」とザバーラは言った。「ポールとおれでパワーを供給する。あとは車を入口に向けてランプを下っていくだけだ。スピードが出たところで、おれたちも踏み板に飛び乗って、ギャングらしく突っ込んでいく」

2シーターのキッセルの小ぶりな運転席に、ガメーの身体はぴったり収まった。彼女は助手席に銃を置いてブレーキを解除した。「準備完了よ」

ザバーラはアンティークカーの後方に陣取った。ポールが横に並んだ。トランクに取り付けられたスペアタイヤとリアフェンダーがもってこいの手がかりになった。

「これってクラシックカーだよね」とポールが言った。「ダークのコレクションでこういうのを見たことがある」

「そこそこ長生きできたら、クリスマスにプレゼントしてもいい。ダークが多少の穴を気にしなけりゃいいんだけど」

ふたりはキッセルを前後に揺さぶった。その動作でガメーは木製のステアリングを回すことができた。

「もうすこし左だ」とザバーラは求めた。「ランプを下りないといけない、端から落ちないようにね」

「やってはいるけど。これってパワーステアリングじゃないから」

ガメーが力をこめてステアリングを切ると、ザバーラとポールはキッセルを手前に引きもどしてからもう一度、今度は肩を下げて全力で押し出した。

ランプに乗りあげた車の前輪が斜面をつかんだ。車の重量が移って加速がはじまった。

ザバーラとポールは足を踏ん張り、車を押しつづけた。キッセルはトンネルと洞窟の出口へと突進し、一〇〇年ぶりの日の光に向かっていた。

ランプを下る車に、ザバーラはどうにかついていった。そして車が逃げないうちに、全速で走って側板に飛び乗り、ドアにしがみついた。トンネルの入口へと下っていくキッセルにしっかりつかまり、車体でできるだけ防御しながら、MP7を構えてフロントフェンダー越しに発砲した。

ポールも車の反対側で同じようにしていた。だが襲いかかる銃火にフロントグラスを砕かれると、手を放して飛び降りた。

車中では頭を下げていたガメーも、フロントグラスが割れた際には怯《ひる》んだ。目の端にポールが飛び降りるのが見えた。ザバーラが敵に向かって発砲する音も聞こえた。

ガメーは自分の拳銃をしっかり握り、標的を見つけるなり身を起こして引き金をひいた。

ロブソンの仲間たちはキッセルの車輪が転がる音を耳にして、何かが起きていると察したが、具体的な状況までつかむことはできなかった。身を低くして闇に目を凝らしていた。そこにいきなり現われた車から銃弾が飛んできたときには、もはや手遅れだった。

フィンガーズは走りだしたところで両脚を撃たれた。

スナイプは車の右側に誰かがしがみついているのを見た。反対側で背の高い男が走っているのも見た。ふたりに向けて交互に発砲しながら、スナイプは後ずさりした。ガメーの姿を見たときには、車室から身を乗り出した彼女から狙いすました一撃を肩に食らっていた。

銃弾の衝撃にスナイプは翻弄され、倒れこんだ。地面を打つと同時に手から銃が弾け飛んだ。

ロブソンの仲間で最後に屈したのはガスだった。ぎりぎりまで一歩も引かず、車が迫ってきたところで初めて走りだした。右へ向かったものの、洞窟の砂の床に足を取られ、突っ込んできたヴィンテージのキッセルにはね飛ばされた。

ぶざまに着地し、腕を骨折して頭を打った。意識を取りもどしたときには、銃を突きつけられていた。

洞窟の入口を確保したザバーラは、ほかにトラブルはないかとあたりを見まわした。バーロウの手下がひとり、外に駆けだしてきた。フライトスーツを着ているのを見て、ザバーラはその男がパイロットで大きな脅威ではないと踏んだ。ほかに心配の種はなかった。

「正面入口を押さえた」ザバーラは洞窟のむこうに叫んだ。「連中はもう逃げられない」


オースチンはザバーラの呼びかけを耳にしたが、自分たちがいる位置を明かさずに黙っていた。モーガンとともに遺物の山のなかを進み、半円を描くように大きく迂回してバーロウ、ロブソン、クロス教授の側面を突こうとしていた。

その三人のうち、モーガンの頭にあったのは教授のことだった。「どうして彼が寝返ったってわかったの？　わたしたちの側にいると思ってたのに」

「バーロウの手下がケンブリッジに現われたのは、ぼくらと同じ日だった」とオースチンは言った。「追いかけてきたんじゃなく、先に着いていた。それで情報を得ていたんじゃないかと思った。それに、研究室で会う代わりに川でパントを漕ぐと主張したのはクロス教授のほうだ。おかげで、むこうは開けた場所でぼくらを攻撃し、すんなり逃げることができた。しかも教授は連中が接近してきたとき、ブリーフケースを投げてやれと怒鳴った」

モーガンは目をすがめた。「でも教授を拉致したとき、むこうは彼の自宅を荒らしていた。ひどい乱闘があったみたいだったし」

「大げさにやったんだ」とオースチンは言った。「連中はすでに〝ケスンの碑文〟を持っていた。探すものなどなかったんだ。何より、クロス教授がきみの言うような乱闘をするわけがない。バーロウの手下が相手ではね。芝居だったのさ」

「たしかに、また姿を見せたときは元気そうだったけど」

すでにふたりはあたりを一周して、奥の壁に近づいていた。「そろそろ見つかってもいいころなのに」とモーガンが言った。「死んだふりをしているのか、それとも移動したのかしら」

オースチンは地面を指さした。真鍮《しんちゅう》の薬莢《やっきょう》数個が薄明かりのなかに見えた。「ここで間違いない」

「彼らは前進はしていない。それなら、わたしたちにも見えたはずだから」

「奥へ行ったんだ。洞窟の奥深くへ」

砂に残る足跡をたどっていくと、財宝で埋め尽くされていた場所よりも自然に近い洞窟の一角に出た。崖の奥に進むにつれ、洞窟はうねっていた。

「裏口を探してるのよ」とモーガンが言った。「もしそれを見つけていたら、逃げられてしまう」

オースチンはうなずき、さらに奥へと進んだ。モーガンの掩護を受け、ふたりで一区画ずつつぶしていくと、やがて前方から引きずるような足音が聞こえてきた。

奥に目をやったオースチンは、懐中電灯の光が不規則に揺れているのに気づいた。足を踏み出すのと同時に、その明かりが壁面を転がっていくのが見えた。顔を上げると、一対のブーツが三〇フィート上の狭い隙間から消えていくところだった。

「遅かったか」とオースチンは言った。

「後を追うのは危険だわ」モーガンが言った。「隙間から頭を出したら、その場で撃たれる」

「たしかに。ただ、あの外は荒れ地だ。歩きでそう遠くまでは行けないだろう」

62

アリゾナ州、グレン・キャニオン・ダム

　オマール・カイと部下たちは発電所を出てダムの内部へもどり、そこかしこで立ちどまっては電気ケーブルを切断し、外から見た者にはダム本体がひどく水漏れしていると思えるように水位センサーを破壊した。

「もう充分だろう」とカイは部下たちに告げた。「出口に向かう時間だ」

　賛同した男たちはカイが梯子まで導くと歩調を速めた。三層下まで降り、ダムを縦断する長い通路にはいった。

「外に行かなくていいんですか？」部下のひとりが訊いた。

「このトンネルは、いちばん奥で古いバイパス水路に接続する」とカイは説明した。

「そこから地表に通じる保守点検用シャフトにはいればいい」

カイが部下を先導し、暗いトンネルを駆け足で進んでいくと、水しぶきが上がりはじめた。最初は通路中央の細々とした水流にすぎなかったが、それは刻々と広がっていった。

「これは何だ？」

カイは解せなかった。「ここにいろ」と言って歩きつづけたが、一歩進むごとに水は深くなっていく。端まであと五〇ヤードというところで、空気漏れのような音が聞こえてきた。懐中電灯を上げると、突き当たりの壁の割れ目からトンネル内に水が噴き出しているのが見えた。さらに、これから通るつもりでいた保守点検用シャフトのドアの下からも水が流れ出ていた。

カイはあの三回の小さな爆発と、ダム全体に響きわたった一回の大きな爆発を思いかえした。不意に事情が見えてきた。

彼は部下たちのもとに引きかえした。「そっちには進めない」

「なぜです？」

「あのふたりの間抜けが爆薬をバイパストンネルに吸いこませたからだ。爆薬はダムの外壁ではなく内部で爆発した。トンネルに亀裂がはいったんだ。逆流が起きてダムに水がはいってきてる」

「どのくらいですか?」

「別の出口が必要なほどだ」

そう言った瞬間、突き当たりのドアが水の重みに唸りをあげた。視線を落とすと、カイと部下たちは深さ二インチの水のなかに立っていた。しかも浸水のペースは速くなっている。水は彼らを通過し、ダム中央の低い箇所に向かって流れていた。

カイは対応策に迫られた。「発電所にもどる必要がある」

「そのあとは?」と部下のひとりが訊いた。「われわれはそこで身動きが取れなくなる」

「泳げば大丈夫だ」とカイは言った。

「いま放流した水はどうなります?」部下のひとりが訊ねた。「一〇億ガロンが水路に流れこむんです」

カイはそれを前向きにとらえた。「それはわれわれの掩護になるし、高速で下流に押し流してくれる。数マイル先まで行って奥地に消えるんだ。連中に見つかることはない」

部下たちはカイの指示を仰ぐのが常で、たとえカイが見込み薄だと覚悟していても、それが合理的な計画と思いこんでいる様子だった。事実、彼らに選択肢はほぼなかった。「でなけりゃ、エレベーターで上まで行って拳銃二挺で州兵を撃退するか」

それを望む者はいなかった。彼らは廊下を引きかえして梯子を昇り、先刻はいった扉までもどった。そして扉をあけ、屋外通路を横断して身を隠した。

「スナイパーに気をつけろ」とカイは命じた。

厳戒態勢を敷いた男たちは建物を回りこみ、峡谷の南壁沿いを走る発電所の拡張部分に出た。

平坦で舗装されたそのエリアは広く、数台のトラックが駐車していた。駐車場からトンネルへとつづく道路があって、カイはつかの間、そこを脱出ルートとして考えた。が、その底にある開口部がいかに魅力的であろうと、上部は要塞の壁さながらに防御されているはずだ。

「放出パイプのほうに移動しろ」とカイが言った。「霧が覆いになる」

ダムの反対側のゲートから流れこむ水が、四本の巨大なパイプを通って噴き出していた。両側に二本ずつのパイプで、それぞれ普通サイズのヴァン一台を呑みこんでしまうほどの幅がある。水の音が耳をつんざき、飛沫《ひまつ》と霧が静かに上へ奥へと漂っていた。

駐車場の半分は霧に包まれていた。四、五台の駐車車輌と端にある小さなコンクリート壁に隠れることもできる。

カイがそこまで走ろうとしたとき、部下のひとりが彼をつかんで上を指さした。霧を通して、カイは一機のヘリコプター、ブラックホークがグレン・キャニオン・ダムの上空から舞い降りてくるのを見た。機は発電所に向かって急降下していった。頂上付近に第二機が見えた。

「これで劣勢は間違いない」と部下のひとりが言った。

一機めのブラックホークが減速し、発電所の上方でホバリングにはいった。そこから部隊がロープを伝い、屋根に降り立った。

部下のひとりが愚かにも彼らに発砲し、はるかに強力な反撃を招いた。部下は胸に三発の銃弾を受け、のけぞって手すりを越えるとコロラド川の緑と白の濁流に没した。

「動け！」カイは全員に叫んだ。もはや逃げるか降伏するしかないが、降伏する気はなかった。カイは身を低くして走り、放水トンネルのそばに駐車していたトラックの陰に隠れた。

そこから次の一台へと全力で走った。銃声は聞こえなくても、銃で狙われていることは充分に意識していた。これだけパイプに近いと噴出する水の音がうるさく、叫ぶことさえ無意味だった。

カイは腕を振り、指をさしながら部下を叱咤《しった》しつづけた。ひとりがふくらはぎに被弾し、アスファルトの路面に倒れた。もうひとりはトラックのドアをあけ、サンバイザーの上にキーを見つけて走り去ろうとした。

カイは警告を発したが、男はもう決断していた。トラックのギアを入れ、車輛用トンネルに向かった。陸軍特殊部隊による銃撃で、トラックは入口に到達するまえに阻止された。

ついに独りとなったカイには、残る選択肢はひとつしかなかった。霧中を疾走して壁を跳び越え、排水パイプの上に着地した。

パイプの直径はきわめて大きかった。その上に立つと、まるで走る列車の屋根に立っているようだった。勢いを増した水流に、カーブするパイプ全体が揺れていた。人目につかないようにしゃがむと、その振動が電流のごとく体内を駆け抜けた。

壁と霧に挟まれ、一時的に射線からは外れたが、もはや行き場はなかった。姿を見せれば正面から撃たれる。待っていれば横から狙撃されるか包囲されて捕まる。もし飛び降りたら……

カイはスロットル全開のロケットエンジンさながら、パイプからどっと噴出する水を眺めた。各噴流は直径一〇フィート、時速一〇〇マイルで驀進《ばくしん》していた。四本のパイプを別々に脱した水は、流出地点の手前一〇フィートで合流すると眼下の逆巻く水流へと落下していく。

もし飛び降りたら溺れるか、全身の骨が折れるか。おそらく川はその両方をやってのけるだろう。

残りの人生をアメリカの刑務所ですごすよりはましだと思った。

一連の掩護射撃が背後のコンクリート壁に当たる音がした。それは兵士の一団が前進する一方で、別の一団が彼を釘付《くぎづ》けにしていることを意味した。

カイは拳銃を構えると壁越しに乱射し、行動する時間を稼ぎたい一心で弾倉を空にした。

弾薬が尽きると銃を脇に放り、川に向きなおって排水パイプから霧のなかへ飛び込んだ。

レンジャー隊の数名は彼がダイブするのを目撃した。ひとりはすばやく発砲もしたが、後に狙いが甘かったと報告書で認めた。それが命中したかどうかは定かではない。

オマール・カイはコロラド川に消えた。その遺体は回収されなかった。

63

オースチンとモーガンは洞窟の奥から悪いニュースを持ち帰った。「バーロウとロブソンが裏から脱出した。徒歩で移動してる」

「追いかけよう」とザバーラが言った。

ポールとガメーが囚人を見張り、オースチン、ザバーラ、モーガンは銃を再装填すると洞窟を後にした。

外に出ると、ちょうどバーロウのブラックホーク一機が砂塵《さじん》を払って南へ向かっていった。峡谷の斜面を半マイル下ったあたりでホバリングに移り、ゆっくり横にドリフトした。

「連中が何を探してるのか、一発で当ててみてくれ」とオースチンは言った。

「バーロウとロブソン」とモーガンが言った。「きっと助けを求めたのね」

オースチンは二機めのブラックホークが静かに待機しているのに目をつけた。ザバーラに向かって、訊かずもがなの問いを発した。「徒歩では捕まえられない。あれを飛ばせるか？」

「問題なく。乗ったらどれもだいたい同じさ」

三人はヘリコプターに駆け寄り、ザバーラが先に乗りこんだ。彼がエンジンをかけると、オースチンとモーガンが後ろに搭乗した。重量のある機械式カートやシャベル、その他一度も使われたことのない道具が見つかった。

「バーロウは準備してきたんだ」

「急がないと、やつもむこうへ去っていくぞ」とオースチンは言った。

ザバーラはエンジンの出力を上げ、記録的な速さで離陸させた。向かうのは南、もう一機のヘリコプターがバーロウとロブソンを乗せた方角だった。

「彼らはじっとしてないから」とモーガンが言った。「捕まえないと」

ザバーラはもう一機のヘリをめざしてさらに加速したが、バーロウのパイロットも同様に低空飛行で、グランド・キャニオンの主要部と接するシルヴァー・ボックスの開けた場所へ向かった。

その差を縮めることができなかった。

「捕まえられない」とザバーラは言った。「この二機は同じ機種だ。パワーもまったく同じだ」

「捕まえる必要はない」とオースチンは言った。「やるのは追跡することだけだ。むこうだってカナダやメキシコまで飛べやしない。そのうち着陸して別の方法で逃げようとするはずだ」

「簡単そうに聞こえる」とモーガンが言った。

「簡単すぎる」とザバーラが返した。「連中はもう気づいてるよ」

前方では、バーロウのヘリコプターが減速し、横に方向を転じていた。開放された貨物扉から銃口の火花が散り、ライフル銃の乱射を告げた。

ザバーラは操縦桿を押し込み、機体を右に大きくバンクさせた。後ろに目をやると、オースチンとモーガンは体勢を保っていた。

「次回は多少の予告を頼む」とオースチンは言った。

「悪かった。なにしろむこうが片舷斉射を浴びせてきたもんでね」

バーロウのヘリコプター内はこれ以上ないほど緊迫したムードだった。「しくじったな」とバーロウはロブソンをなじった。ふたりとも貨物扉の外を見ていた。

「もっと接近しないと」とロブソンが言った。

バーロウはパイロットのほうを向いた。「もう一機は使用不能にしておくべきだった」

「そちらの救出で手がふさがっていて」とパイロットは弁解した。「それに、まさかあれを飛ばせるやつがいるなんて」

銃火は多いに越したことはない。バーロウはライフルを手にした。「もっと近づけろ。おれが始末してやる」

ザバーラは危険を察知していた。バーロウのブラックホークに近づけば、それだけ被弾する可能性は高くなる。かといって背を向ければ、さらに無防備になる。望みがあるとすれば、バーロウのパイロットにミスをさせることだった。

ザバーラは機体を大きく旋回させ、スピードを維持したまま方向を転じた。「攻撃態勢にはいる」と叫んだ。

オースチンは貨物扉を開いて固定した。「黙って急旋回しないでくれ。パラシュートなしでスカイダイビングするのはごめんだ」

ザバーラはうなずき、標的に目をもどした。バーロウのヘリコプターは急旋回する過程でスピードを失っていた。ザバーラは側面から狙ってくるライフルより前に出ようと速度を維持した。

「左にフェイクを入れて右に行く。追い越すときに撃てる」

ヘリコプターはひねりを入れながら速度を上げ、左にバンクしてから右に切りかえした。

バーロウのパイロットはホバリング寸前まで減速し、ブラックホークを砲塔のように旋回させて対応した。開いた扉から銃弾が降り注いだ。その大半は横や下に逸れたが、二発が機体の底部を捉え、板金に穴を穿って消えた。

ザバーラはスピードを落とさず、静止状態のヘリコプターを追い越した。その瞬間、オースチンとモーガンは持てるすべてを解き放った。だが後ろを振りかえると、相手にダメージはなさそうだった。

「ピストル対ライフルで勝ち目はないわ」とモーガンが言った。

「で、今度はこっちが追われる番だ」とザバーラは言った。

いまや運命は逆転していた。ザバーラが相手を追い越したとたん、バーロウのパイロットは機首を転じた。狩る側が狩られる側になったのだ。

バーロウのヘリコプターに追われ、ザバーラは逃げるしかなくなった。つまり地表すれすれを狂ったように飛ばなくてはならない。

後方で待機するオースチンとモーガンは弾薬をチェックしていた。「残り二発」とオースチンは言った。

「こちらは五発」モーガンが言った。「大したことはできない」

追跡はつづいたまま、シルヴァー・ボックス・ラヴィーンを下り、夏の終わりにはコロラド川となる細流を横切った。

グランド・キャニオンの広い空間に出ると、ザバーラは機体を左にバンクさせ、バーロウのヘリコプターの裏にまわって優位を取りもどそうとした。

狙いはよかったが相手に阻まれ、またもバーロウとロブソンのライフルで片舷斉射を浴びた。

銃弾の嵐にザバーラは身をかわしたが、プレキシガラスや板金に穴があいた。

「もっと速く」とモーガンが急《せ》き立てた。

「いや」とオースチンが言った。「もっとゆっくり。そしてもっと高く。できるだけ高くだ」

「そのうち失速するぞ」とザバーラが言った。

「それはむこうも同じだ。そしてどっちも一瞬、動きが止まる」

「〝肉を切らせて〟作戦か」とザバーラは言った。「なるほどね。戦術的にはまるで筋が通らない」

ザバーラはヘリコプターの機首を下げ、可能なかぎり加速してから操縦桿を引いた。身軽な機体は上昇をはじめ、機首の傾きはいわゆる最大上昇角度に達した。

「そのまま」とオースチンは言った。「連中は付いてくる」

ザバーラはスロットルを開きつづけた。ヘリコプターは上昇していったが、まもなく速度が低下していった。対気速度計の針が下がるにつれ、高度計の動きも鈍っていき、やがてローターが空気をつかもうともがきだした。

「五〇〇〇フィート」とザバーラが言った。「六〇〇〇は無理だな」

バーロウのブラックホークは、ザバーラに高所を取られたり逃げられたりするのを嫌って、そのまま後を追ってくる。

「右に流せ」とオースチンは叫んだ。

ザバーラは方向舵ペダルを踏んだ。この先、ちょっとした変化でも起きようものなら失速して、地表まできりもみ降下をしかねない状況だった。

ヘリコプターは右にスライドし、バーロウの機の真上一〇〇フィートほどの位置につけた。失速アラームが悲鳴をあげはじめた。

「いまだ」とザバーラは叫んだ。

ヘリコプターの後部で、オースチンは機械式カートの制御ノブを前進の位置に弾いた。オースチンとモーガンが工具や半端な備品を手当たりしだいに積んだカートは、扉に向かって前進した。

カートは驚くほど優雅に縁を越えるとゆっくり逆さになり、シャベルやつるはしなどの工具をバーロウのヘリコプターに向けてどっと降らせた。工具類はローターブレードに弾かれたが、一〇〇ポンドの金属製カートとなると話が別だった。それはローターを突き破って四枚のブレードのうち三枚を粉砕し、コクピットの曲面プレキシガラスに激突した。

バーロウのブラックホークは機体がねじれて横転した。そして空から石のごとく落下していき、コロラド川の岩場に激突して炎に包まれた。

64

ザバーラの熟練した操縦技術は、彼らのヘリコプターが同じ運命をたどるのを防いだ。機体を安定させて水平にもどすと、燃えさかる残骸のほうへ引きかえした。結末は一目瞭然《いちもくりようぜん》だった。

「あの衝撃で生存者はいない」とオースチンは言った。「洞窟にもどろう」

彼らはシルヴァー・ボックス・ラヴィーンに取って返し、ポールとガメーと落ち合った。ふたりは捕虜を日陰に座らせ、おとなしく従わせていた。

「きみたちふたりはいい看守になれる」とオースチンは言った。

「警備の仕事は退屈よ」とガメーは言った。

状況が落ち着いたことから、オースチンはルディ・ガンに連絡を取った。

「さまざまな関係当局者がそちらに向かっている」とガンは衛星電話越しに告げた。

「例によって遅刻かな」とオースチンは言った。「われわれの救援隊はどうなりました?」

「グレン・キャニオン・ダムへのテロ攻撃が優先されたんだ」とガンは説明した。「きみたちを助けるはずだったアーミー・レンジャーは、北に飛んでテロを阻止した。四人の犯人のうち三人は殺され、もうひとりは行方不明で死亡したと推定される」

「バーロウは切り札を隠していると話していた」とオースチンは言った。「そのテロのことだったにちがいない」

「もしそうなら、効果的で費用のかかる陽動作戦だった」とガンは言った。「複数の爆発と制御室に潜入したグループ。彼らはすべての水門を開き、当局を騙して神経ガスを混入したものと思いこませた。蓋をあけてみれば、無害な色のついた蒸気だったが。あいにくすべてを確認し、水の流れを止めるまでに時間がかかった」

「ここで箱舟をつくりはじめたほうがいいかな?」

ガンの声に不安は感じられなかった。「流出量からすると、いまから一時間後にコロラド川が五フィートから一〇フィート増水するはずだ。日暮れまでには収束するだろう」

「そしてわれわれはここで干上がるってわけだ」とザバーラが指摘した。

オースチンとガンが会話を終えると、連邦保安官を運ぶヘリコプターが近くに着陸した。アリゾナ州兵を乗せた二機めのヘリコプターもまもなく到着した。ＦＢＩの捜査官が搭乗する三機めのヘリコプターも向かっているとのことだった。

「この小さな土地は、そう遠くないうちにオヘア空港より混雑するぞ」とオースチンは仲間たちに言った。「退去を命じられるまえに、あとひとつ、ほつれた糸を結んでおきたい」

「それはもしかして？」とザバーラが訊いた。

「クロス教授だ。彼は姿を消して行方も知れない」

オースチン、ザバーラ、モーガンは洞窟にはいって散開した。格子状のパターンで捜索していくと、ほどなく教授は見つかった。財宝の山のいちばん深いあたりで、壁に寄りかかって座っていた。傷口の血がシャツに染み、大きく開かれた目が前方を見据えていた。事もあろうに引出しの開いたファイルキャビネットが脇に置かれ、綴じられた書類の束が膝に載っていた。

モーガンは教授のそばにしゃがんで脈を探ったのち、その目を閉じた。「亡くなってる」と、わかりきった答えを口にした。「財宝を見つけて、思い残すことなく死んでいったと言いたいところだけど、ここにはあなたが口にした以上のものがある。ここにファイリング・キャビネットがあるのはなぜ？　この書類は何なの？」

「洞窟の秘密だ」とオースチンは謎めかしてみせた。「グランツィーニの一味がそのためにパートナーたちを殺した秘密さ」オースチンは懐中電灯を大きく振り、財宝や偶像を示した。「これは全部——美術品もミイラも黄金も宝石も——全部偽物だ」

その点を明らかにしようと、オースチンは大理石製に見える彫像に手を伸ばした。すばやくその腕を折り取ると、それは手のなかで粉々に砕けた。「小道具だ」と彼は説明した。「ほとんどは張り子や石膏、バルサ材、ブリキで出来てる」

「小道具?」

オースチンはうなずいた。「精巧なセットの装飾。製作されなかった映画のためにデザインされ、つくられたものだ」

「冗談でしょう」とモーガンが言った。

ザバーラが教授の手から血まみれの紙の束を抜き取った。「《ファラオたちの旅》」とタイトルを読みあげた。「セシル・B・デミル製作」

「これでキッセルの説明がつくな」とザバーラはつづけた。「移動式シールド兼破壊機として使っていたとき、車の計器パネルに名札が留めてあるのに気づいてね。あれはセシル・B・デミルの車だ」

「そうだ」とオースチンは言った。「この洞窟で唯一の歴史的な宝物だ」

「ここは映画のセットなの？」モーガンはいま一度訊ねた。「わたしたち、映画のセットに立っているわけ？」

オースチンはまたうなずいた。「ＦＢＩのファイルによると、デミルは架空のファラオの台頭を描いた大作を製作しようとここに来た。ロケーション・スカウトがこの場所を見つけ、エジプトの完璧な代用品になると判断した。外の峡谷は王家の谷に重なった。コロラド川はナイル川の代わりだ。彼らはこの洞窟を墓、神殿、ファラオの宮殿など、いろいろな場所の屋内セットとして使用した。地面が平らなのはそのためだ。舗装したのさ。だからあちこちにスロープや壇がある。それでカメラや照明、機材を動かして別の場面設定にして、同じ洞窟を別の場所に見せることができたんだ」

「だから洞窟の半分は、価値のない調度品や装身具で埋め尽くされているのね」

「セットの装飾だ」

「何があったんだ？」とザバーラが訊いた。「古い映画は全部観てきたけど、この作品のことは聞いたこともない」

「撮影の途中で、プロデューサーのひとりが金銭スキャンダルに巻き込まれた」とオースチンは言った。「映画は資金源を失い、製作は中断した。それでもデミルが新たな支援者を見つけることを期待して、道具を全部ハリウッドに持ち帰らずにここに保管したんだ。彼らにとって不運だったのは、その年の冬に峡谷が大雪に見舞われ、地滑りが起きて洞窟の入口が埋まってしまったことだ。結局、スタジオはすべてを白紙にもどし、デミルは次の作品に進んだ」

「考古学者たちは？」とザバーラが訊いた。「ここは二〇年代に発見されたって話だったよな」

「考古学者たちはグランツィーニ・ファミリーのパートナーで、アフリカからヨーロッパのバイヤーに遺物を密輸していた。彼らは峡谷にエジプトの遺物があるという古い噂を追ってやってきて、地元のガイドにこの洞窟に案内された。そしてここを掘り起こし、薄暗いオイルランタンの明かりだけを頼りに洞窟のほんの一部を探検した。われわれが見たのと同じように、エジプトの遺物の宝庫を目の前にして、早速ファミリーに報告したわけだ」

「さぞ盛大なお祝いをしたんだろうな」

「短いあいだだけさ」とオースチンは指摘した。「グランツィーニはその話を信じた――信じない理由もない。それで古くからの知り合いに声をかけ、懇意にしているヨーロッパのコレクターに小切手帳を用意するように促した。考古学者たちが真実を知ったのは、ファミリーの家長が直接ここに来てからだ」

「真実というのは、ハリウッドのでっち上げのことか?」とザバーラが水を向けた。

「そのとおり。そしてそれがもとで諍《いさか》いが生じた。どう対応するかをめぐって口論になった。グランツィーニはすでに多くの約束をしていた。彼らはこのまま嘘を通して利益を得ようと考えた。考古学者たちは真実を暴きたがった。いずれ明らかになるとわかっていたからだ。で、グランツィーニはその彼らの口を封じた」

「どうやって儲けるつもりだったの?」モーガンが疑問を口にした。「写真ならまだいい。でもバルサ材の彫像を受け取ったら、誰だってすぐに騙されたってわかるでしょう」

「計画はいつも同じでね」とオースチンは言った。「僻地《へきち》で遺物を見つけ、ここで発見されたことにする。グランツィーニはありふれたエジプトの遺物を世界じゅうから調達して、有名な墓から出土したものだとふれこむ名人だった。彼らはこれを〝じつに稀少《きしょう》な最高級コレクション〟と銘打った。つまり掘り当てられるのを待つ金脈だった。連中としては噂が生きつづけて、とことん搾り取れればよかった」

「でも、ドゥマースがフランス沖で見つけた船はどうなの?」モーガンが訊ねた。

「船を見たのは彼だけだ」とオースチンは言った。「証拠はなにもない。そもそも船がなかったからだろう。彼の子や孫でさえ、その存在を疑っている」

「〝ケスンの碑文〟は？」モーガンが訊ねた。「それをスペインに運んだ若者は？」

オースチンはしばし言い淀《よど》んだ。「そこがいちばんわかりにくいところでね。誰の目から見ても、あの碑文は正当なものだ。ただ、いつ発見されたのか、どこから来たのかは知りようがない。あの飛行機で彼らが何をしていたかは簡単にわかる。グランツィーニは、フランスのバイヤーに渡して真贋《しんがん》を確かめることを望んでいた。しかし、アリゾナでの銃撃戦の後、彼らはFBIに追われることになった。その石板があったら考古学者の殺害に結びつくから、現行犯逮捕されるまえに割れた石板を移動させる必要があった。湖にでも捨てればよかったんだろうが、それだと大金をみすみすあきらめることになる。いつかどこかの国へ高飛びするのに必要になるものだ。しかしながら、通常の輸送路はすべて閉ざされていた。ひとつを除いて」

「ジェイク・メルバーンね」とモーガンが言った。「彼らはメルバーンに飛行機で運ばせようとした。彼が死んだという事実は、彼がノーと答えたことを示唆している」

「やつらはメルバーンを撃ち、甥っ子を説得したんだ」とザバーラが言った。

「そのようだ」とオースチンは言った。「コルドヴァに関するFBIのファイルによると、ジェイク・メルバーンは彼の友人で、飛行機の整備を無償でやってもらう代わりに操縦を教えていた」

長年の謎がふたつ解けたかに思えたが、モーガンは本来の追跡にこだわっていた。

「〝ケスンの碑文〟が本物だとしたら、ヘリホルの財宝と彼がほかのファラオから盗んだもののすべてがまだ存在することになるわ」

「説得力のある話だ」とオースチンは認めた。「ただ、それには解釈が必要になる。要は〝ケスンの碑文〟からわかるのは、ヘリホルの下で働いていたエジプト人の一団が、エジプトから遠く離れる旅に出たということだけさ。彼らは海を往き、広い大地を渡り、最終的に峡谷までたどり着いた。だが、その峡谷はどこであってもおかしくない。西アフリカかもしれないし、中央アメリカかもしれないし、ヨーロッパのどこかかもしれない。あるいはここ合衆国かもしれないが、それを示す実質的な証拠はない。〈フェニックス・ガゼット〉の有名な記事にしても、スミソニアンの情報源を列挙してはいるが、博物館にはその情報源が雇用されていたという記録はない」

「またデマか」とザバーラが言った。

「読んだことは半分だけ信じて」とモーガン。

「見たものはなにも信じるな、さ」

オースチンはモーガン・マニングがどんな反応を示すか見守った。ほんのわずかのうちに、半ダースもの感情が彼女の顔をよぎった。最初は不信、つぎに怒り。つかの間、鋼鉄を噛《か》むような表情を見せたかと思うと表情が和らぎ、ついには笑いだした。

「その冗談ってバーロウのことでしょう？　彼は傭兵稼業にとどまるべきだった。そのほうが安全だったでしょうに」

「まあ、その点についてはね」

「今度は何だ？」とザバーラが訊ねた。

オースチンはにやりとした。「今度はこれをしかるべき当局に引き渡し、ワシントンDCにもどって、この作品全体の幕を下ろすんだ」

ザバーラは首を振った。モーガンは辛辣《しんらつ》な笑みを浮かべた。オースチンは気にしなかった。黙って肩をすくめると出口に向かった。

65

オースチン、ザバーラ、トラウト夫妻はワシントンにもどり、モーガンもそこに同行した。NUMAの会議室でおこなわれたデブリーフィングで、ルディ・ガンはザンドラとフィードルの逮捕を確認した。ふたりはワシントンでの暗殺未遂とグレン・キャニオン・ダム襲撃に容易に結びついたのだ。

「自白したのですか？」モーガンが訊ねた。

「姉のザンドラはひと言もしゃべっていない」とガンは説明した。「だが、フィードルは逮捕されて三〇分もしないうちに洗いざらい白状した」

「どうやって捕まったんです？」とオースチンは訊いた。

「彼らはマリーナの支配人に金を払わずパワーボートを停泊させた。支配人はクレジットカードを受け取ろうと駐車場まで追いかけたが、そこで姉弟は車を盗もうとしていた――それが支配人の車でね。プレートナンバーが州警察に通報され、州警察はフラッグスタッフ近くのトラックストップで彼らに追いついた。電子機器やその他の証拠によって、両方の犯罪容疑は固まると見られる」

「危険な人物がふたり、路上から消えたことになるな」とオースチンは指摘した。

「ロブソン一味の生き残りが英国に送還されたら、彼らも路上から足を洗うことになるわ」とモーガンが言った。「もうずっと、長いあいだ」

デブリーフィングが終了すると、参加者は思い思いの計画を立てた。

ザバーラはスペインへ発《た》ち、リンドバーグよりわずかに先んじて大西洋横断飛行をした青年、ステファノ・コルドヴァについて調べることにしていた。ポールとガメーはまともな休暇をすごそうと、オーストラリアへ行く予定だった。そこを目的地にしたのは、ひとつにはエジプト関連のものからなるべく遠ざかりたかったからである。

モーガンはすぐロンドンにもどるつもりでいたが、オースチンの説得で少なくとも一日はフライトを延期することになった。

「それって、わたしにどんなメリットがあるの？」モーガンはオースチンのオフィスまでもどりながら訊いた。

「川を見下ろす場所でのグルメディナー」とオースチンは言った。

「そのレストランの名前は？　わたしは最高のお店でしか食事をしないけど」

「名前はない」オースチンはオフィスのドアをあけ、未決の書類の山がこのまえ見たときよりさらに高くなっているのに気づいた。机のそばを通りしな、いちばん上の紙に目をやった。

「それが本当なら、どんなメニューが期待できる?」

「ピッツァかチーズバーガー」

彼女は顔をしかめた。「あまりグルメには思えないけど」

「どちらを選んでもオーパス・ワンが一本付いてくる。こういうときのために取っておいたボトルでね」

するとモーガンは笑みくずれた。「それなら呼ばれるわ。あなたの家のことだから、室内では靴は履かなくていいでしょう」

オースチンは微笑した。「靴がなければ、問題もない」書類をめくりながら、全部別の日に片づけようと思っていたが、ひとつ興味を惹くものが見つかった。書類の山から一枚の報告書を引き抜き、内容を読みはじめた。

「それは?」

「メルバーンの飛行機から見つかった砂岩の欠片をポールが化学分析した。あの欠片は〝ケスンの碑文〟の一部だった」

モーガンは身を乗り出した。「何て書いてあるの？」

オースチンはまずひとりで調査結果を読んでから、彼女のために要約した。「この石が切り出されたのはコロラド川流域のどこかで、ニューメキシコ州西部かアリゾナ州北部の可能性が高い」

「そう、それは興味深いわ」

「たしかに」とオースチンは応じ、報告書をシュレッダーにかけた。「じつに興味深い」

エピローグ

四カ月後
アリゾナ州、ナヴァホ・ネイション

　グレン・キャニオン・ダム襲撃から数カ月のあいだ、アリゾナ州北部にはつぎつぎに捜査官が訪れた。その大半を派遣したのはＦＢＩだが、国立公園管理局の土地管理局、国務省、連邦航空局《FAA》の代表者も一度、二度は姿を見せた。

　大手ネットワークのリポーターたちが来て、全国誌や地元報道機関の記者が後につづいた。彼らの多くは同じ質問をした。その回答に耳を傾ける者はほとんどいなかった。

　一二月後半になると空気は冷たくなり、初雪が朱色の大地を白く覆った。そのころには大破したブラックホーク機も、映画の小道具も、キッセルのヴィンテージカーも撤去され、各局の捜査官たちはワシントンに帰り、記者たちは先に進んで国内の別の場所で別の話題を追いかけていた。

峡谷の静けさがもどったある日の早朝、エディ・トーヤーとその祖父は馬に乗って出かけた。ふたりは凍った地面をゆっくり進み、高地を後にして、シルヴァー・ボックス・ラヴィーンから一五マイル離れた峡谷の奥へと下っていった。

「騒ぎがおさまってうれしそうだね」とエディは言った。

「この土地は静かであるべきなのだ」と祖父が答えた。「祖先はそれを好む」

エディはそこに自分へのメッセージがあると考え、それからはしばらく黙った。エディも静かなほうが好きだった。馬の蹄《ひづめ》が地面を踏む音や、遠くでタカが啼《な》く声に聴き入るほうがいい。

この山脈での遠出を楽しみながら、エディは祖父と馬にまたがっていることに驚いてもいた。祖父は身体が弱って、寒い冬に難しい乗馬をするのはおろか、近ごろはめったに家も出なかった。

「乗馬に誘ってくれるなんて久しぶりだな」とエディは言った。「どこに行くのか教えてくれるかい？」

「いや」と祖父が言った。「だが、もうすぐだ」祖父は止めた馬からぎこちなく降りると、峡谷の端の雑木林に手綱《たづな》をつなぎ、鞍から小さな包みを取った。「ついてきなさい」

エディは馬を降りて手綱を結び、追いつこうと急いだが、祖父は思いのほか矍鑠《かくしやく》と荒れ地を進んでいった。

ふたりで峡谷の西斜面を登っていくと、祖父が岩肌に切れ込みを見つけた。エディには崖の表面の割れ目にしか見えなかったが、祖父はそこに身体を押しこみ、奥に消えた。

その後を追ったエディは、いわゆる溝峡谷《スロット・キャニオン》にはいっていた。周囲の壁はオレンジ色と黄褐色の筋がある深紅色に彩られている。

エディは黙したまま、祖父の後から迷路のような湾曲部に沿って歩いた。四分の一マイル先に、明らかに人工の道具で掘られた開口部があった。そこは崖の内側に通じていた。

祖父はコールマンの古いランタンに火を灯し、芯を出してからその開口部を通り抜けた。

エディはさらに後を追い、今度は壁に印がある四角く切り取られた部屋にはいった。揺らめく光のなかで、彼が目にしたのは見憶えのないシンボルと、半人半獣の奇妙な生き物の絵だった。

ここではなにも問うまいと思った。祖父は自分自身の目で確かめるべきものを見せようとしているのだ。

ふたりは歩きつづけ、急な斜路を登り、シルヴァー・ボックス・ラヴィーンの映画のセットの数倍もある広い空間に達した。エディの目には明らかだったが、この空間は岩から切り出されたものだった。青銅と石だけでつくられた道具では、何年もかかったにちがいない。

前方に進むと、発掘作業後に天井を支える石柱が残されているのがわかった。柱のまわりに彫像や彫刻、その他の彫り物が注意深く配置され、中央の道は奇妙な動物のミイラ化した死体で縁取られている。祖父の後から最奥まで行くと、岩にピラミッド形の窪みが彫られていた。

その下に一五の古代の棺が並んでいた。光に照らされ、黄金や青といった鮮やかな色に輝いている。石棺にはゴミひとつなく、埃すら付いていなかった。頭上では、天井に埋めこまれた宝石が夜の星のごとく配されている。天文のデザインはとても精密で、エディは苦もなくオリオン座の三つ星と北斗七星を見出すことができた。

エディの祖父は細長い蠟引きの灯芯を使って香を焚いた。セージとピニョンの香りが部屋に漂うと、祖父は黄金の石棺の底に蠟燭を一本ずつ灯しはじめた。揺らめく光が大きくなり、石棺の上に置かれた鏡に反射して、それぞれの丁寧に細工された顔を照らし出した。

「おじいさん」とエディはささやいた。「もしかして、これが?」

一四本めの蠟燭が灯されると、エディの祖父は言った。「彼らこそ太陽の民だ。彼らは白人より何世代もまえにここにやってきた。おまえの偉大な祖先は彼らを知っていた」

「これがエジプトのファラオたちか」とエディは言った。「カートが探していた財宝なのか」

エディの祖父は誤りを正した。「おまえの友は、気になるのは財宝ではなく、財宝を求めてやってくる男たちだと言っていた。彼はいま、その男たちを捕まえている」

たしかにそのとおりだった。「なぜぼくをここに連れてきた?」

「きょうは冬至だ」と祖父は言った。「短い太陽の日だ。この顔たちが見たいと願う太陽だ。私は毎年、年に二回、この蠟燭を灯しにここに来る。夏至の日もそうだ。私の祖父も同じことをしてきた。そして、おまえがその伝統を受け継ぐことを選ぶなら、おまえの孫もいつか、われわれの土地で安息を見つけた旅人たちの世話をするように頼まれるだろう」

「するとぼくに――」

「この古代の人々の世話をするようにと、われわれは託されてきた」と祖父は言った。「しかし、私はもう歳だ、これ以上長くはできない。その役目がおまえに降りかかる……おまえが望むのなら」

エディは周囲の財宝をじっと見つめた。この民の歴史と、世界に占める自身の小さな場所について考えた。そして差し出された大いなる名誉に意識を集中させた。なにも言わずに一歩前に出ると、彼は祖父の手から灯芯を受け取り、それを使って最後の蠟燭に火をつけた。

訳者あとがき

〈NUMAファイル〉、これで十七作めの紹介となる。

題して『消えたファラオの財宝を探しだせ』。

まるでトレジャーハンターのファーゴ夫妻を擁する、クライブ・カッスラーの別シリーズのむこうを張るようなタイトルだが、本書は紛れもなくカート・オースチン率いる国立海中海洋機関《NUMA》特別任務部門の活躍を描いた一篇だ。

古代エジプト王朝中期、軍人の身分から昇りつめたといわれる異色の王《ファラオ》ヘリホルが、王家の谷の財宝を掘り出して船に積み、海洋に乗り出し姿を消したという発端から、現代に至ってそれが大きな謎をもたらし、邪悪な陰謀を生む。

いまだ日の目を見ぬファラオの財宝を手に入れようと企む悪党にたいし、いつにもまして果敢に立ち向かっていくオースチンである。

相棒のジョー・ザバーラと休暇をすごしていたスコットランドからロンドン、ケンブリッジへ。そしてフランス、スペインと渡って、最後はアメリカ南西部のアリゾナへと舞台は移っていくのだが、今回は場所柄、登場人物ともに英国風味が効いている。スカイ島の居酒屋《タヴァーン》でスコッチのタリスカーとハギスを味わう場面あり、ケンブリッジの川で平底船《パント》を漕ぐ場面あり。ともに敵を追うことになった英国情報部MI5の女性エージェント、モーガン・マニングも大活躍する。ちなみに、このマニングの上司が〝大佐〟と呼ばれるペンブローク・スマイズで、なんと彼はカッスラーの旧作『死のサハラを脱出せよ』に登場し、ダーク・ピットとまみえているのだ。

それにくわえて、かのリンドバーグに先駆けて大西洋単独無着陸飛行に挑んだ飛行士のエピソード、さらにはヴィンテージカー（車名は本篇に譲る）の登場とくれば、もはや正真正銘の〝カッスラー・ワールド〟ということになるだろう。

（二〇二四年二月）

◉訳者紹介　**土屋 晃（つちや　あきら）**
東京都生まれ。慶應義塾大学文学部卒業。翻訳家。訳書に、カッスラー&ブラウン『テスラの超兵器を粉砕せよ』『失踪船の亡霊を討て』『宇宙船〈ナイトホーク〉の行方を追え』『地球沈没を阻止せよ』『強欲の海に潜航せよ』、カッスラー『大追跡』、カッスラー&スコット『大破壊』『大諜報』（以上、扶桑社ミステリー）、ミッチェル『ジョー・グールドの秘密』（柏書房）、ディーヴァー『オクトーバー・リスト』（文春文庫）、トンプスン『漂泊者』（文遊社）など。

消えたファラオの財宝を探しだせ（下）
発行日　2024年4月10日　初版第1刷発行

著　者　クライブ・カッスラー&グラハム・ブラウン
訳　者　土屋 晃

発行者　小池英彦
発行所　株式会社 扶桑社
〒105-8070
東京都港区海岸1-2-20　汐留ビルディング
電話　03-5843-8843（編集）
03-5843-8143（メールセンター）
www.fusosha.co.jp

印刷・製本　中央精版印刷株式会社

ISBN 978-4-594-09466-9　C0197

扶桑社海外文庫

ロマノフ王朝の秘宝を奪え！（上・下）
C・カッスラー＆R・バーセル　棚橋志行／訳　本体価格各850円

モロッコで行方不明者を救出したファーゴ夫妻は、ナチスの墜落機にあった手紙と地図を手に入れる。そこからは〝ロマノフの身代〟という言葉が浮上して……

幻の名車グレイゴーストを奪還せよ！（上・下）
C・カッスラー＆R・バーセル　棚橋志行／訳　本体価格各850円

消えたロールス・ロイス社の試作車グレイゴースト。ペイトン子爵家を狙う男の正体とは？　ファーゴ夫妻とアイザック・ベルが時を超えて夢の競演を果たす！

タイタニックを引き揚げろ（上・下）
クライブ・カッスラー　中山善之／訳　本体価格各900円

稀少なビザニウム鉱石をめぐる米ソ虚々実々の諜報戦＆争奪戦。伝説の巨船タイタニック号の引き揚げに好漢たちが挑む。逝去した巨匠の代表作、ここに復刊！

黒海に消えた金塊を奪取せよ（上・下）
C・カッスラー＆D・カッスラー　中山善之／訳　本体価格各850円

略奪された濃縮ウラン、ロマノフ文書、そして消えた金塊――NUMA長官ダーク・ピットが陰謀の真相へと肉薄する。巨匠のメインシリーズ扶桑社移籍第一弾。

＊この価格に消費税が入ります。